Wolfgang Repke

Der Grundstein von Prora

Fiktionaler Prora-Roman

Für DoRo II

Impressum

© Wolfgang Repke

1. Auflage 2016

Herstellung und Verlag: BoD – Books on Demand, Norderstedt.

ISBN 9783743143081

Preis: 19,99 Euro

Bibliografische Information der Deutschen Nationalbibliothek: Die Deutsche Nationalbibliothek verzeichnet diese Publikation in der Deutschen Nationalbibliografie; detaillierte bibliografische Daten sind im Internet über dnb.dnb.de abrufbar.

Hier bei uns hat er ihn gefunden. Und nicht, wie manche später behauptet haben, weiter oben im Norden bei den Ruinen. Oder ganz vorne, im Süden Richtung Binz, sagten hinterher die scheinbar Wissenden. Nein, es war aber genau hier. Alles andere ist Legende. Eine der vielen Legenden und Halbwahrheiten rund um die Geschichte(n) von Prora. Meine Person kann nur berichten, was wirklich geschehen ist. Der Rest ist eine Mär. Vielleicht werden auch nur diejenigen die Wirklichkeit herausfinden, die unser Zeichen bei sich tragen.

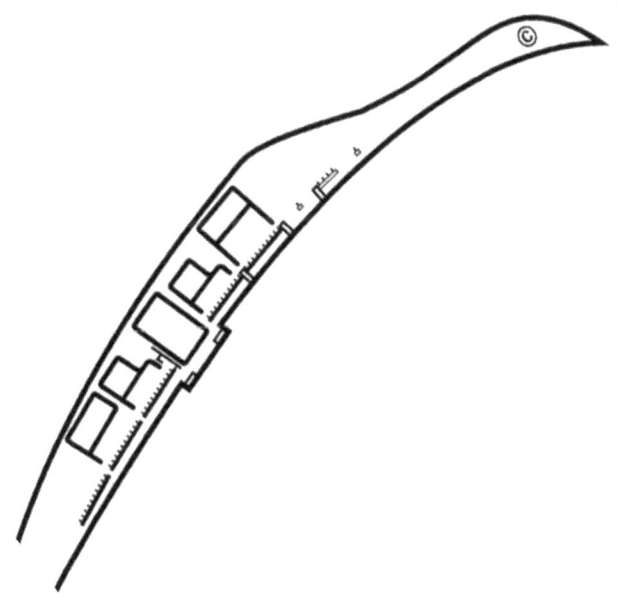

Ich war wirklich gut präpariert mit Maurerhammer und Meißel. Die ganze nächtliche Szene lediglich durch meine Stirnlampe spärlich beleuchtet, um mich und das Geschehen einigermaßen unsichtbar zu machen. In Gedanken hatte ich die nächsten Minuten und Stunden immer wieder durchgespielt. Nur eine Generalprobe, die war leider nicht möglich. Zuerst mussten die Mauersteine aus der Wand geholt werden. An der mit dem Geheimcode markierten Stelle: „VEBZVI". Oder besser von vorne, einfach direkt durch die Wand geschlagen? Nur ein Stein quer und dünner Nachkriegsmörtel sollten es sein. Ein erster beherzter Schlag ging genau in die Mitte der oberster Reihe. Darüber lag das alte Mauerwerk solide in Form eines Rundbogen-Sturzes, der ursprünglich in den 30er Jahren vielleicht für eine Türöffnung angefertigt worden war. So blieb die Stabilität der jüngeren Mauer aus DDR-Zeiten bei meinem Abriss gewährleistet. Der erste Stein löste sich ohne große Probleme, aber der Mörtel fiel auf der Rückseite mit deutlichen Geräuschen auf etwas Metallisches. Als gute Nachricht schoss mir durch den Kopf: Das Gepolter muss von der Kiste kommen, zugleich aber als Schlechte: Zu viel Geräuschkulisse in der hellhörigen Nacht! Mit dem Maurerhammer zog ich den Stein vorsichtig in meine Richtung. Gedreht ließ er sich nun einfach nach vorne herausnehmen. Mit Bedacht gelang es mir nach und nach die einzelnen Klinker links und rechts ohne Werkzeug zu lösen. Im Gras neben dem ‚Tatort' türmte sich langsam ein Stapel aus gut fünfzig Steinen, so dass ein Loch von über einen Meter Breite entstand. Ein kurzer Uhrencheck: Diese Aktion hatte gut 30 Minuten gedauert. Ich traute mich noch nicht, in die Höhle zu leuchten. Erst wollte ich für einen Augenblick innehalten, das Licht löschen und durch intensives Lauschen Gewissheit haben, dass sich niemand in meiner Nähe befand. Wie viele unbekannte Laute kann eine solche Nacht hervorbringen? Zu viele! Ab wann bekommt man Angst? Wenn das Gehirn keine logische Erklärung mehr hat! Schluss damit - ich musste weitermachen – keine Zeit für solche Geisteswirrungen. Mein Ziel lag doch schon direkt vor mir. Die Anspannung ließ nur das Gehirn verrücktspielen. Nach etwa fünf Minuten traute ich mich wieder, den Kopf direkt in Richtung des Mauerloches zu heben und die Stirnlampe einzuschalten. Heureka!

Eine Kiste, die Kiste, meine Kiste!

Instinktiv strich ich über den Deckel, wie ein Seefahrer oder besser noch ein Pirat, der (s)eine Schatzkiste endlich erbeutet hat. Jetzt mussten sich noch die nächsten mitgebrachten Ausrüstungsgegenstände bewähren. Zum Glück hatte ich das von mir eigens erdachte und angepasste Transportvehikel dabei. Den fahrbaren Untersatz mit dem Kettenantrieb umzubauen, zeichnete sich wirklich als eine nützliche Idee aus. Aber vorher musste ich mir die Hebelgesetze zunutze machen. Viel zu schwer für nur einen Mann war diese stahlblecherne Kiste, die viel grösser wirkte als auf den wenigen Fotos aus der damaligen Zeit zu vermuten gewesen wäre. Gut einen Meter breit, einen halben Meter tief und nochmal einen knappen halben Meter hoch. Dazu dann noch der Inhalt. Sofort schossen mir wieder die möglichen Optionen durch den Kopf, die ich schon so oft theoretisch durchgespielt hatte. Die Kiste vor Ort versuchen zu öffnen, und nur die Unterlagen entnehmen? Notwendigerweise war sie mit Beschlägen gut verschlossen worden. Die immerhin bald achtzig Jahre in dem Sarkophag hatten ihre Spuren an den Verschlüssen hinterlassen. Ein hastiges Ausräumen der kostbaren Unterlagen im Dunkeln hätte bei dieser Methode auch zu Beschädigungen oder Teilverlust führen können. Der Grundstein wäre aber vor allem nicht mehr ‚original'. Mein Gehirn fing wohl schon wieder an verrückt zu spielen. Dabei war die Entscheidung doch schon im Vorfeld gefallen: Die Kiste musste als Ganzes erhalten bleiben! Vorsichtig setzte ich nun den Maurerhammer als Hebel an, um dann den Meißel an der linken Seite unter die Kiste zu schieben. Als nächstes musste ich das mitgebrachte Seil irgendwie darunter hindurch fädeln. Das wollte nicht so einfach gelingen, wie in der Theorie geplant, und langsam wurde ich immer nervöser. Es war damit zu rechnen, dass auch die anderen „Jäger" der Kiste ziemlich nah an mir, und damit an der Lösung des Rätsels um das Versteck, dran waren. Das Katze- und Mausspiel der letzten Tage und Wochen hatte ja dazu geführt, dass sie mich fast ständig verfolgten und niemals lange aus den Augen verloren. Stets musste damit gerechnet werden, dass einer, also ich, den entscheidenden Schachzug macht. Doch jetzt galt für mich nur eins: Noch mal mit voller Konzentration und Kraft weitermachen. An der einen Ecke die Kiste ein Stück so anwinkeln, dass das Seil zumindest ein Stück darunter zu bekommen war und dann auf der anderen Seite das Gleiche wiederholen. Als nächsten Schritt konnte ich den Hebel in der Mitte der kurzen Seite ansetzen, so dass das Seil wenigstens einige Zentimeter unter dem Rand saß. Nachdem ich dies endlich auf beiden Seiten der Kiste geschafft hatte, war schon wieder fast eine halbe Stunde vergangen. Nun hatte sich die nächste Eigenkonstruktion zu beweisen. Auf meinen Transportwagen hatte ich einen Ausleger montiert, der wie ein schwenkbarer Galgen über der Kiste positioniert werden konnte. Dazu war es notwendig, so nah wie möglich, seitlich an die Mauer heranzufahren. Zum Glück gestaltete sich das Wegräumen und Glätten des Schotters sowie einigem Unrats, der herumlag, nicht so aufwändig wie angenommen. Für meine Idee mit dem Eisverkaufswagen hätte ich mich schon zum wiederholten Mal selbst loben können. Es war ja sonst niemand

da, der die Genialität dieser Lösung hätte gebührend würdigen können.
Das Schicksal eines ‚Alleintäters'?! - Spielten die Synapsen schon wieder verrückt? An diesem Galgen kam nun die Winde zum Einsatz. Beim Verbinden mit den Enden der Seile, die unter der Kiste lagen, musste ich sorgfältig auf die gleiche Länge achten, ansonsten würde sich mein Schatz in seinem engen Versteck verkanten. Die untersten zwei Reihen Mauersteine hatte ich aus Zeitgründen nicht mehr eingerissen und an den Seiten war nicht viel Platz bis zu den Wänden, vielleicht gerade eine Hand breit. Ganz langsam und vorsichtig drehte ich danach an der Kurbel der Seilwinde. Der textile Gurt zog geräuschlos an, in der Nacht bei absoluter Stille wären die ursprünglich gedachten Ketten mit ihrem Rasseln bestimmt über Kilometer zu hören gewesen. Tatsächlich hob sich meine Kiste Zentimeter für Zentimeter aus ihrer jahrzehntelangen Ruheposition. Jetzt spürte ich schon wieder etwas Merkwürdiges in mir aufsteigen. Eine Mischung aus immer stärkerer Aufregung und tiefen Glücks. Ich musste unbedingt diese Gefühle unter Kontrolle behalten, sonst könnte mir zu guter Letzt noch ein Fehler unterlaufen. Nachdem die Kiste endlich majestätisch in der richtigen Höhe schwebte, schwenkte ich sie langsam zu meinem Transportwagen herüber. Sollte ich das nicht mehr benötigte Werkzeug und den Galgen einfach vor Ort liegen lassen? Auch darüber hatte ich mir schon vorher, bei meiner Vorbereitung, Gedanken gemacht. Beide Varianten hatten ihren Reiz. Wenn in Kürze einer der Verfolger an die richtige Stelle kommen würde, könnte er entweder gleich erkennen, wie clever es gemacht worden war oder eben darüber rätseln müssen, wenn ich alles wieder mitgenommen hätte. Letztlich war die Entscheidung aus rein praktischen Gründen gleich zu Beginn meiner Planung gefallen.

Mit meiner Grundsteinkiste hatte ich genug zu bewerkstelligen. Also blieb der Rest vor Ort. Stumme Zeugen einer Wiederauferstehung. Das Absetzen der Kiste auf dem kleinen Panzerfahrzeug stellte kein großes Problem mehr dar. Die Spannbänder zur Sicherung der kostbaren Ladung waren schnell verzurrt. Die kleine Reise bis zum Jeep konnte mit dem fast lautlosen Elektromobil beginnen.

Ante: ‚Was wissen Sie über das Wirken unserer Architektenfamilie'?
So, oder so ähnlich hatte das Gespräch mit einem Nachkommen begonnen. Wen gab es da noch, oder war sie tatsächlich die einzige? Natürlich war ich vorbereitet, so gut es eben bei den verfügbaren Quellen ging.
„Zu einer der bedeutendsten Leistungen zählt auf alle Fälle Prora, Frau Glotz."
Sie war also die Enkelin des großen Architekten. Irgendwie sah sie nicht so aus wie ein Sprössling eines besonderen Architekten-Charakters. Musste sie aber auch nicht, weshalb auch. Eher eine biedere, ältere Dame. Für mich war nur wichtig, ihre Motivation herauszufinden. Warum wollte sie die alten Geschichten noch einmal aufreißen? Worum ging es ihr? Das musste ich versuchen, im Gespräch herauszubekommen. Aber zuerst befand ich mich in der Defensive und war gezwungen, mich vor ihr zu beweisen.
„1937 hat Ihr Großvater sogar einen Grand Prix für den Entwurf zu Prora auf der Weltausstellung in Paris erhalten."
„Ja, schon klar, das weiß jeder."
Sie schien fast genervt und etwas von oben herab.
„Natürlich ist da noch viel mehr, aber ich weiß nicht, ob es heute bei unserem Gespräch, auch darum gehen soll."
„Die vielen anderen Leistungen meines geehrten Herrn Großvater werden immer wieder nur mit dem NS-Regime in Verbindung gebracht."
Selbstverständlich wusste ich, dass von ihm auch die Ordensburgen in Crössinsee (Pommern) und Vogelsang (Eifel) stammten, die nun wirklich als NS-Bauten gelten. Was aber nicht einer weiteren Nutzung widersprach. Als Kasernen, einmal der belgischen und andererseits bis heute der polnischen Armee. Prora wird inzwischen aus fachlicher Sicht

anders gesehen. Die NS-Architektur rückt in den Hintergrund, hier wird mittlerweile eher von einer Art sozialem Wohnungs- bzw. Ferienbau gesprochen. Dazu hatte ich bereits ein eigenes Kapitel für meine Doktorarbeit entworfen, das wusste ich bereits, wollte es aber nicht hier schon ins Gespräch bringen. „Deshalb war nach dem Krieg dann auch Schluss. Letztlich ist er auch daran zugrunde gegangen. Warum wollen Sie sich nun mit Prora beschäftigen? Es waren schon so einige hier. Und alle hatten nur ein Eigeninteresse und es ging ihnen nicht um die Sache."

„Ich will meine Doktorarbeit über Prora schreiben."

„Warum?"

„Im Vorfeld und in meinem Studium habe ich mich schon intensiver mit dem Thema der sogenannten späten Bauhaus-Architektur beschäftigt. Und mich interessiert auch die schnelle Planung und Umsetzung, wenn man das so mit den heutigen Bauprojekten vergleicht."

„Es gibt nicht mehr so viel zu Prora. Alles ist verschollen. Am 2. Mai 1936 wurde der Grundstein gelegt, mit viel Tamtam und was damals so üblich war. Das war mehr symbolisch gedacht. Er lag dann ein halbes oder ein Jahr in der Gegend rum bis mit dem eigentlichen Bau begonnen wurde. Und seit dieser Zeit ist er nicht wieder gefunden worden. Leider sind damit auch alle Unterlagen, die Baupläne, die sich in der Grundsteinkiste befunden haben, verschollen."

„Gab es denn keine Kopien oder ähnliches?"

„Nein, es ist im Nachlass nichts gefunden worden. In Holland gibt es noch einen ehemaligen Architektur-Fotografen, der hat noch ein paar alte Fotoplatten, die geben aber auch nicht viel her."

„Das heißt doch, der Grundstein muss noch irgendwo sein!"

„Genau darum geht es. In der Kiste, die als Grundstein gelegt wurde, befanden und befinden sich die einzigen und kompletten Unterlagen zum KdF-Bad Mukran, oder später Prora. Das müssen die Originalzeichnungen sein. Und, um es nun kurz und knapp zu sagen, es geht darum, dass Sie die Kisten finden sollen. Und ganz nebenbei: Für Sie findet sich ihr Wunschthema zur Doktorarbeit auch mit in der Kiste."
„Darf ich offen fragen: Worum geht es Ihnen ganz persönlich in der Sache?"
Ich brauchte natürlich ihre Zustimmung, um später bei meiner Doktorarbeit keine urheberrechtlichen Probleme zu bekommen.
„Es gibt da noch jede Menge richtig zu stellen, seine Rolle als Architekt und sein Schaffen. Es geht nicht um politische Dinge, aber durchaus darum, dass seine Arbeit zumindest in Prora nicht politisch gewesen ist und um das, was heute daraus gemacht wird."
Ich war die ganze Zeit ihres kurzen Monologs ins Grübeln gekommen. Reichte die gemeinsame Schnittmenge unserer Interessen aus? War es nicht ein zu hohes Risiko für meine Doktorarbeit alles auf die Karte, sozusagen auf eine Kiste zu setzen? Was, wenn nach langer Recherche nichts davon übrig bleibt, von meinem schönen und einzigartigen Thema? Außer Spesen nichts gewesen, könnte dann das Ergebnis monatelanger Arbeit lauten. Was noch könnte ein Beweggrund für diese Dame sein, einen jungen Mann fast hundert Jahre rückwärts in die Geschichte zu schicken?
„Ja", sagte sie gedankenlesend, „jetzt sind Sie ins Grübeln geraten. Ich kann Ihnen auch nicht so viel mehr sagen, als dass wir jemanden suchen, der sie hoffentlich findet, die Kiste."
Sie hatte gerade ‚wir' gesagt. Es musste also noch andere geben. Ich wollte aber auf keinen Fall jetzt zu viele Fragen stellen, merkte es mir allerdings für später.

„Natürlich gab es schon verschiedene offizielle Anfragen. Darauf werden sie in ihren Vorrecherchen auch schon gestoßen sein. Aber es gab nie eine Antwort. Auch als die Mauer noch zu war, wurde versucht, bei den offiziellen Stellen der damaligen DDR Informationen zu erhalten, was aus dem Bau nach dem Krieg geworden war. Eisiges Schweigen war die Antwort. Wir mussten fast davon ausgehen, dass nach dem Krieg nur alles weggesprengt wurde und gar nichts mehr vorhanden ist. Eigentlich waren wir schon froh, als nach der Wende endlich offenbar wurde, dass zumindest ein Teil der Bauten noch steht."
Ich durfte das Gespräch jetzt nicht ins Stocken kommen lassen.
„Mich schreckt das nicht ab. Ich glaube sogar, dadurch einen zusätzlichen Reiz in dem Thema zu sehen. Klar geht es mir um den Baustil und die Technologie und auch darum, wie sich der Entwurf über die Zeit weiterentwickelt hat. Auch über äußere Einflüsse. Zum Beispiel die Änderung des Mittelstücks. Die Festhalle wurde doch auf besonderen Wunsch von ‚jemandem', Sie wissen schon, durch einen anderen Architekten entworfen und musste dann ins ursprüngliche Konzept eingefügt werden. Oder die Sache mit den Dächern. Wie konnte die Forderung nach Spitzdächern statt den konzipierten Flachdächern im laufenden Bauprojekt noch umgesetzt werden? Und welche Spuren sind noch heute davon zu finden?"
„Also Herr Propars, oder darf ich Peter sagen? Trauen Sie sich das zu? Schon Ihr Name lässt zumindest auf eine gewisse Verbindung zu Prora schließen."
Sie schmunzelte jetzt sogar ganz kurz.
Ich spürte in diesem Augenblick, ich hatte gewonnen.
„Eindeutig ja. Es kann aber eine Weile dauern."
Ich gab eine betont selbstsichere Antwort.

„Aber Sie dürfen vor Ort auf keinen Fall zu offensichtlich vorgehen. Sonst sind alle verschreckt, lassen abermals die Jalousien des Schweigens runter und dann ist für lange Zeit wieder nix zu erreichen."

„Das heißt, ich brauche eine Tarnung?"

„Da müssen Sie sich etwas einfallen lassen. Klar, wird es nicht funktionieren, sich als interessierter Doktorand vorzustellen und darauf zu hoffen, alle Türen öffnen sich von selbst."

„Wie soll das gehen?"

„Erfinden Sie eine Geschichte. Es ist doch ein Urlaubsgebiet, in dem sich in der Saison immer viele junge Leute von überall her einen Job suchen. Irgendwie sowas."

„Ich nehme den Auftrag an."

Jetzt versuchte ich das Gespräch zum positiven Abschluss zu bringen. Ehe sie es sich noch anders überlegt. Dabei versuchte ich ein überzeugtes Lächeln in meine Gesichtszüge zu zaubern.

Sie zögerte etwas und beendete das Gespräch ohne eine eindeutige Zusage.

„Wie bleiben wir in Verbindung?"

„Ich melde mich bei Ihnen, sobald ich dort oben angekommen bin und erste Erkenntnisse zusammenfassen kann."

„Sie sollten sich mindestens einmal pro Woche bei mir melden. Schließlich wollen wir wissen, was Sie dort so treiben und wie Sie vorankommen. Nicht, dass sie zum Schluss mit unserer Kiste verschwunden sind!"

Auch sie legte ein merkwürdiges Lächeln auf, wohl um mir klarzumachen, dass sie es ernst meint. In jeder Hinsicht.

Gleich als ich raus war, notierte ich noch im Auto eine kurze Zusammenfassung in mein Moleskine:
- Wer ist ‚wir' bei Frau Glotz?
- Gibt es Verbindungen zu den anderen Bauprojekten des Großvaters? Nach 1933 wurde er, vermutlich durch persönliche Beziehungen zu Robert Ley, zum ‚beauftragten Architekten der Reichsleitung für die Errichtung der Schulungsbauten der NSDAP und der DAF'. Und ab 1938 zum ‚Vertrauensarchitekten der DAF'. Neben Prora gab es bereits Entwürfe, auch für die Ordensburgen Vogelsang und Crössinsee und dann noch weitere Großaufträge, wie das Haus der deutschen Arbeit und ein Gau-Forum. Von ‚ihm' wurde er sogar zum Professor ernannt, usw. Konnte ich heute die Enkelin offen dazu befragen? Musste ich diese Ereignisse für meine Doktorarbeit bearbeiten?
- Der „große" Architekt eigentlich mehr ein Außenseiter der damaligen Zeit oder sogar nur ein Emporkömmling?

In Via: Schon während der Fahrt nach Prora im Frühsommer 2014 steigerten sich meine Spannung und meine Erwartungen. Es war ein Montag, der 30.Juni. Noch nie zuvor war ich auf der größten Insel Deutschlands. Ganz bewusst wählte ich eine besondere Route. Nicht über die übliche Touristenstrecke. Also nicht direkt über die B 96 und den Rügendamm, sondern mit der Autofähre von Stahlbrode noch auf dem Festland gelegen nach Glewitz auf Rügen. Ungefähr eine Viertelstunde dauert so eine Überfahrt über den Strelasund. Kein klassischer Bodden, nach Osten in Richtung Greifswald öffnet sich die Ostsee wie ein Trichter und im Westen hinter den Kirchtürmen von Stralsund besteht ebenfalls die direkte Verbindung zur offenen See. Eine herrliche Einstimmung, die gute Seeluft einzuatmen und die Insel langsam auf sich zukommen zu lassen. Auf dem Eiland angekommen, führt der weitere Weg über Garz und Putbus. Hier ist eine Runde zu Ehren von Malte zu Putbus im Circus, dem Rondell mit ausschließlich weißen Häusern und den gepflegten Rosenstöcken an jeder Fassade eine Architektenpflicht. Alle Straßen sind fast durchgehend einmalige Baum-Alleen, Baumgänge. Die Deutsche Alleenstraße! Die Kronen der alten Bäume wachsen über dem verweilenden Betrachter zusammen und die Straße scheint, nicht allzu weit entfernt, zu enden. Für den Fahrenden hingegen ist es ein Gefühl, wie in einem Tunnel, der nach vorn immer enger zusammenlaufend, doch niemals ein endgültiges Ende finden will. In eine andere, frühere Zeit zurückversetzt, fühlt man sich dann in Vilmnitz. Der Asphalt wechselt plötzlich im Schatten der Bäume zu bejahrtem, gewölbtem Feldsteinpflaster. Eine Dorfkirche und typische Bauernhäuser aus einer alten, aber doch irgendwie vertrauten Zeit präsentieren sich auch heute noch fast wie eine Theaterkulisse. Nicht ohne Grund wurde hier 1967 der Film ‚Die Heiden von

Kummerow und ihre lustigen Streiche' gedreht. In der Kirche liegen die Gebeine derer zu Putbus, hatte ich mich schon belesen. Einer Familie, die lange Zeit besonders stark mit Rügen verbunden war. Bis zu einem Drittel der Insel sollen sie mal besessen haben. Und auch speziell mit Prora ist sie Teil der Geschichte geworden. Das Grundstück hatte Malte zu Putbus 1935 an die DAF/KDF (Deutsche Arbeiterfront/Kraft durch Freude) verkauft oder überschrieben. Dieses Dorf stand schon vor Anreise auf meinem Zettel der zu besuchenden ‚sehenswerten Orte' - Jetzt, da sich das Original vor mir präsentierte und mir diese Besonderheiten bewusst wurden, musste ich einfach anhalten und kurz verweilen. Die Kirche St. Maria Magdalena auf einer kleinen Anhöhe gelegen, geht in ihrer Geschichte bis 1200 zurück und zeigt von romanischen Elementen über die Barockkanzel auch Epitaphien der Familie zu Putbus. Unten, unter dem Ost-Chor in der Gruft liegen sie, die Gebeine derer von Putbus. Durch eine kleine Öffnung in der Außenmauer konnte ich einen Blick auf die fast 30 Särge werfen. Mit dem Bau der Stadt Putbus erfolgten dann die Beisetzungen der Familie in dem eigens errichteten Mausoleum im Park.

Über diese wechselnden Eindrücke näherte ich mich aus südöstlicher Seite zunächst Binz, um den alten Ortskern rechts liegen zu lassen in Richtung des Ortsteils Prora.

Prora? Alte Namensdeutungen werden zumeist im Lateinischen gesucht. Also ‚Vorderdeck', ‚Bug' oder sogar ‚Schiff'? Heißt es denn auch korrekt ‚auf der Prora' und nicht ‚in Prora'! Mir erschien eine Erklärung aus dem Sprichwörtlichen am treffendsten: *„prora et puppis"* als erster und auch letzter, das heißt einziger Beweggrund. Mein einziger Beweggrund war: Der Grundstein von Prora.

Ein mögliches Quartier hatte ich bereits lange vorher mit Bedacht gesucht. Ein Hotel kam schon aus Kostengründen nicht in Betracht, Pensionen waren zwar in der Hochsaison verfügbar und dann belegt. Wenn also mein Aufenthalt länger und der Kontakt zu den Einwohnern für mich und meine Aufgabe wichtig wären, kam nur ein Privatquartier in Frage. Direkt im Ortsteil Prora gibt es gerademal an die 750 Einwohner und damit auch nur wenige Wohnhäuser. Fast alle stammen aus der Zeit der KdF-Baustelle entlang der Poststraße. Und dann sind da noch die beiden Wohnsiedlungen, geplant für ‚Bedienstete' (sogenannte Gefolgschaften) der Anlage. Diese waren zu Kriegsbeginn schon fertiggestellt. Jeweils eine in Norden und im Süden liegen sie symmetrisch direkt hinter dem eigentlichen Bauwerk malerisch umgeben von Wäldchen, die noch an die ursprüngliche Prora erinnern. Im Internet nach einer Unterkunft zu suchen, erschien mir schon bei meinem Vorbereitungen nicht allzu vielversprechend. Dann las ich über die hohen Erfolgschancen eines klassischen Inserats in den örtlichen Zeitungen, gerade in solchen ländlichen Regionen. Die möglichen Vermieter, ältere Ehepaare oder alleinstehende Rentner sind doch (noch) nicht täglich im www unterwegs, sondern haben auf alle Fälle eine örtliche Tageszeitung abonniert, die sie intensiv studieren inclusive der Annoncen, schon der Todesanzeigen wegen. Also hatte ich schon vorab in der Ostsee-Zeitung inseriert:

Student sucht für einige Monate ein möbliertes Zimmer in Prora: Tel. Nr. / Adresse / E-Mailadresse (optional).

Tatsächlich bekam ich einige Tage später eine Nachricht. Eigentlich hatte ich einem Anruf gerechnet. Der Brief sagte aber viel mehr über meine zukünftigen Vermieter aus. Ein sauberes und fast altdeutsches Schriftbild deuteten auf eine ältere Dame hin: ‚Gern würden wir Sie als Logisgast aufnehmen. Dazu scheint es geboten, bei einem längeren Zeitraum, Sie vorher gern besser kennenlernen zu wollen…' Etwas geschwollen wirkte diese Antwort schon, aber sie war die Einzige. Keine Telefonnummer, um weitere Details zu besprechen. So erschien es mir am sinnvollsten, ganz einfach einen Antwortbrief mit der Ankündigung meines Kommens zu schicken.

Endlich bog ich dann, nach meiner langen Fahrt, erst über die Poststrasse in die Mukraner Straße und dann in die Nordstraße ein. Hier standen sie fast unverändert von der Zeit, diese sogenannten Gefolgschaftshäuser. Links und rechts der Straße jeweils wie eine Fischgräte schmiegten sie sich in den Dünenwald. Die eingeschossige Bauweise mit den großen Walmdächern machte wirklich nicht den Eindruck von Massenquartieren. Nach dem Krieg, also zu Zeiten der Nutzung durch die NVA, sollen an diesem Ort ausschließlich Offiziere mit ihren Familien gewohnt haben. Es muss fast wie ein Lottogewinn gewesen sein, zwar in der Nähe der Kaserne aber doch völlig separat, hier in diesen netten Reihenhäusern gewohnt haben zu „dürfen". Die einzelnen Hausreihen sind mit einer Art Laubengang untereinander verbunden. Eine gelungene, lockere Wohnanlage und schon das erste Stück des KdF-Bades, sogar einer der wenigen Teile, die vor dem Baustopp tatsächlich auch noch fertig geworden waren.

Die Nordstraße in Prora mit den links und rechts liegenden Reihenhäusern und immer noch einem Tor am Ende. Sackgasse, Durchfahrt gesperrt zur ehemaligen Kaserne.

Die Hausnummern von 25 bis 37 schienen logisch angeordnet, bei der Nummerierung der einzelnen Wohnungen musste ich mich erst etwas orientieren, fand dann aber doch recht zügig den seitlichen Eingang zu meinem neuen Heim für die nächsten Monate.

Mit Laubengängen verbundene Gefolgschaftshäuser

Nach dem Klingeln dauerte es nicht lange und es erschien eine rüstige Frau, ca. 70-75 Jahre alt. Sie öffnete so schnell, dass zu vermuteten war, sie hatte schon hinter der Gardine gestanden. Hier, in der verschlafenen, abgelegenen Anlage fällt alles und jeder auf, der hier nicht ‚hergehört'. Nach einem kurzen aber freundlichen ‚Guten Tag' wurde ich gleich zum „Einführungsgespräch" in die Küche geleitet. Sie musterte mich von oben bis unten nach dem Motto „erst mal anschauen den Mann". Und dann kam sie auch schon, die Frage nach dem ‚warum'!

„Wozu sind Sie bei uns auf Rügen?"

„Ich bin Student und will hier mit einem Sommerjob etwas Geld verdienen."

„Aber wo wollen Sie denn arbeiten? Hier ist nicht so viel mit Arbeit."

Zum Glück hatte ich im Vorfeld schon bei der neu eröffneten Jugendherberge in Prora nachgefragt und eine Zusage für ein Vorstellungsgespräch erhalten.

„Ich will hier in der Jugendherberge gleich um die Ecke arbeiten, die haben da einen Job für mich."

„Ach, hier gleich bei uns vorn im letzten Stück vom letzten Block."

„Ja genau, die können in der Hauptsaison jede Hand gebrauchen, sagte mir der Chef am Telefon. Ich gehe gleich morgen dorthin und will alles klarmachen."

„Also dann machen wir das so, junger Mann: Ich zeige Ihnen erst einmal das Zimmer, Sie klären das morgen mit der Arbeit und dann können Sie erst mal hier wohnen. Aber eins sage ich Ihnen gleich, wenn Sie irgendwelche Sperenzien machen, fliegen Sie raus. Aber nun kommen Sie, Sie müssen ja von der langen Fahrt ganz müde und erschöpft sein."

Der letzte Satz klang schon angenehmer. Kam jetzt bei ihr so etwas wie ein Mutter-Instinkt durch? Das gefiel mir schon besser als ihre sonst eher strenge Art. Über den kleinen Flur gelangten wir schnell zu dem betreffenden Zimmer. Es sah auf den ersten Blick so aus, wie ein als Kinderzimmer vorgesehener Raum. Klein, daher wenig Platz für Möbel. Ein Bett, ein Tisch mit Stuhl und ein großer Kleiderschrank, mehr passte hier auch nicht rein. Aber für mich völlig ausreichend und in Ordnung, der Preis von gerade mal 100 Euro pro Monat war auf alle Fälle unschlagbar.

„Ich zeige Ihnen dann noch das Badezimmer, wir haben ja nur eins und das müssen wir zusammen benutzen. Ich hoffe wir kommen uns dann nicht in die Quere." Sie lächelte.

„Nein, ich richte mich da ganz nach Ihnen und lange brauche ich morgens und abends sowieso nicht."

Auf dem Weg über den Flur in Richtung Bad versuchte ich mir gleich einen kleinen Überblick über den Rest der Wohnung zu verschaffen. Hinten am Ende des Flures ein verschlossener Raum, bestimmt das Schlafzimmer. Beim einzigen anderen, noch vorhandenen Zimmer stand die Tür einen Spalt weit offen. Im Vorbeigehen konnte ich einen kurzen Blick hinein werfen. Dort saß ein Mann, auch ca. fünfundsiebzig Jahre, vielleicht aber auch schon achtzig. Er machte auf den ersten Blick nicht den noch so rüstigen Eindruck seiner Frau. Sie hatte scheinbar meine Blicke bemerkt.

„Das ist mein Mann. Er wird Sie zu gegebener Zeit begrüßen."

Eine merkwürdige aber doch klare Botschaft: Er wollte mit mir nichts zu tun haben. Noch etwas fiel mir bei meinem kurzen Blick in das Wohnzimmer, mit der typischen großen Schrankwand bis zur Decke hoch, auf. Ich bemerkte neben und über dem Fernseher laufende Meter von Büchern in gleicher Farbe. Ähnliches hatte ich schon auf Flohmärkten und in

Antiquariaten gesehen. Das mussten die gesammelten Werke von Marx/Engels und Lenin sein. Die einen blau in wohl über vierzig Büchern, die anderen rot mit mehr als dreißig Bänden.
Irgendwie konnte meine Frau Wirtin Gedanken lesen oder aber zumindest meine Blicke deuten. Als wir beim Badezimmer angekommen waren, sagte sie leise:
„Bitte sprechen Sie meinem Mann nicht an, wenn er nicht das Gespräch von sich aus beginnt. Und vor allem, keine Diskussionen zum Thema DDR oder NVA. Hier können Sie nur verlieren."
Warum sollte ich nicht gewinnen können? Aber ich ahnte in diesem Augenblick schon, dass er einer von ‚denen' sein musste, die den Untergang der DDR, des Sozialismus und vielleicht auch der NVA nie verkraften konnten. Vielleicht ein Offizier, aber heute und hier konnte und wollte ich das nicht weiter ansprechen.
„Haben Sie denn überhaupt schon etwas gegessen?"
„Ja, ich habe unterwegs Pause gemacht und auch noch genug Proviant übrig. Ich glaube, ich will dann auch gleich ins Bett."
Nachdem ich meine Sachen notdürftig in dem riesen Kleiderschrank verstaut hatte, ging ich noch kurz ins Bad und dann wirklich gleich schlafen. Auf dem Rückweg ins Zimmer konnte ich noch einen neugierigen Blick durch den Spalt der Wohnzimmertür werfen. Leicht von der Seite war ‚er' beim Fernsehen zu erkennen. Der Mann wirkte im Gesicht schon sehr runzelig und auch körperlich schien er nicht mehr in der besten Verfassung zu sein. Neben seinem Sessel eine Decke und darauf ein kleiner Hund, der auch fast regungslos dazuliegen schien. Hatte er, der Mann, kurz aus den Augenwinkeln nach mir geschaut? Mir kam es fast so vor, denn ich musste später im Bett noch an seine Augen denken. Die sprühten noch - was auch immer!

Meine Person hatte gleich so ein merkwürdiges Gefühl, als sie das hörte. Ein junger Mann, der sich in nur zwei Monaten hier bei uns Geld verdienen will? Da gibt es bestimmt bessere Orte und Gelegenheiten. Irgendetwas stimmte da nicht. Zu diesem Zeitpunkt konnte auch meine Person noch nicht ahnen, wie die Sache einmal enden würde. Vielleicht war es auch besser so.

Am nächsten Morgen war ich zwar sehr früh wach, hatte trotzdem gut in meinem neuen Bett geschlafen. Als erstes schlich ich über den Flur in Richtung Bad, um mich etwas frisch zu machen. Doch Frau Müller, so hieß meine Wirtsfrau, hatte scheinbar schon in der Küche gelauert.

„Möchten Sie einen Kaffee? Sie können ruhig duschen, mein Mann schläft noch."

„Ja, einen Kaffee würde ich gern nehmen, ansonsten aber bitte keine Umstände."

„Ja schon klar, aber ein Toast können Sie ruhig mitessen."

Kam da die Mutter wieder durch? Hatte sie überhaupt Kinder? Kurze Zeit später saß ich dann bei Frau Müller am Küchentisch und fühlte mich fast schon heimisch, wenn da nicht noch irgendwo der unbekannte Mann gewesen wäre. Nach einer viertel Stunde, nach dem Kaffee und natürlich zwei Toast, musste ich zum Glück schon los. Auf eine große Fragestunde am frühen Morgen stand mir nun wirklich nicht der Sinn. Die Wahrheit konnte ich ihr sowieso nicht sagen. Und zu offensichtlich lügen wollte ich auch nicht.

„Sie gehen ganz einfach durch die Tür neben dem großen Tor hier vorne in Richtung Ostsee, und dann, sobald Sie sich auf der Objektstraße befinden, nach links. Dann sehen Sie von weitem schon die Jugendherberge, das sind die einzigen Treppenhäuser, die weiß angestrichen wurden. Das dauert vielleicht 5 Minuten, dann sind Sie da."

Der Weg war wirklich einfach zu finden und ich bekam gleich einen ersten wahrhaftigen Eindruck von einem Teil der riesigen Anlage. Die verlängerte Nordstraße endete direkt an der Landseite des sogenannten Gemeinschaftshauses zwischen den beiden noch vorhandenen Blöcken im Norden. Aus meinen Vorstudien war mir natürlich die grobe Aufteilung der Bauten längst bekannt und so hätte ich den Weg auch ohne ihre Hinweise gefunden. Bestimmt aber nicht die Abkürzung direkt durch das Tor zwischen der Wohnanlage und dem eigentlichen Bauwerk. Eindrucksvoll, schon dieser erste Gang entlang des nördlichsten Blockes. Vorbei an sieben Treppenhäusern und den dazwischen liegenden Bettenhäusern in einem Zustand, der fast den Namen Ruine verdiente. Nur ein Teil von gerade mal drei Treppenhäusern war zur Jugendherberge umgebaut worden. An die 20 Millionen Euro (offiziell 16,8 Mio. Euro) soll das gekostet haben. Und dabei war die oberste Etage noch nicht einmal mit ausgebaut worden. In einer kurzen Kopfkalkulation während des Fußmarsches rechnete ich wie folgt: Für etwas weniger als ein Drittel eines Blockes kostete der Rück- und Ausbau zwanzig Millionen, das heißt ein ganzer Block würde mindestens 60-75 Millionen kosten und damit wären für alle fünf noch vorhandenen Blöcke bis zu 400 Millionen Euro anzunehmen. Wer sollte diese Summe für eine Sanierung aufbringen? Nach dieser schnellen Rechnung war ich auch schon bei dem Aufgang zur Rezeption der Jugendherberge angekommen. Hier wurde ganz offensichtlich das ursprüngliche Konzept durchbrochen, sodass diese breite Treppe direkt in das erste Obergeschoss führte.

Der Eingangsbereich der Jugendherberge direkt ins 1.OG.

Für meine weiteren Studien zur Architektur des KdF-Bades setzte ich mir einen kleinen gedanklichen ‚Merker', um diese markante Abweichung später genauer zu hinterfragen.
Der Leiter der Jugendherberge war in den Räumen direkt hinter der Rezeption schnell gefunden und auch der Verlauf des Gespräches ist schnell erzählt. Zusammengefasst: Die Jugendherberge ist in die Saison gestartet. Den Zeltplatz auf den großen Freiflächen an der Landseite gibt es schon seit einigen Jahren, aber jetzt seit der Eröffnung fester Unterkünfte auch jede Menge zusätzliche Arbeit. Von der Einweisung neuer Gäste über die Hilfe in der kleinen Cafeteria bis hin zum Saubermachen der Zimmer. Kurzum, jede Hand wird gebraucht und er bot mir einen befristeten Saison-Vertrag für die nächsten zwei Monate an. Das entsprach auch meiner ungefähren Zeitkalkulation. Ob und wie schnell ich vorankommen würde, stand noch in den Sternen. Bei der Bezahlung waren wir uns

schnell einig, denn einerseits gab es Vergütungen, die für alle galten und andererseits ging es mir nicht um die Höhe des Verdienstes. Also waren der Job und damit das Alibi, gleichzeitig auch die gewünschte Sicherheit für Frau Müller, erledigt. Ganz nebenbei gefiel es mir immer besser, hier direkt in der Anlage arbeiten zu können. So manche Frage lässt sich leichter stellen und ich war mir sicher auch hier viele Leute zu treffen, die mir direkt oder indirekt Hinweise für meine eigentliche Mission geben könnten.

Als eine der ersten und wichtigsten Erkundungen musste ich natürlich zum sogenannten Festplatz. Hieß es doch in der gesamten Literatur und auch von Frau Glotz, dass sich dort irgendwo im Dünensand der Grundstein befinden sollte. Also nutzte ich gleich die Gelegenheit nach dem ersten Dienstschluss zumindest einen kurzen Eindruck des Festplatzes, des sogenannten Mittelstücks oder auch der Kaianlage zu gewinnen. 400.000 m², also 40 Hektar groß, lag er nach dem kurzen Spaziergang vorbei an den zwei nördlichen Blöcken vor mir. Die ganze Größe des Platzes war aber nicht zu erfassen, höchstens zu erahnen. Natürlich hatte ich vorher bei Google Earth das Mittelstück der Anlage „von oben" betrachtet und dort zeigte sich schon reichlich Bewuchs. Aber in dieser Höhe hatte ich ihn nicht erwartet. Es standen dort hohe Kiefern und auch sonstige Nadelbäume, Sträucher, selbst Sanddorn (wie hier im Norden üblich), sodass es nicht möglich war, sich mit einer freien Sicht einen Überblick zu verschaffen. Alte Luftaufnahmen, soweit sie überhaupt vorhanden waren, zeigten noch ein ganz anderes Bild. Bis 1990 und noch einige Jahre danach war hier viel Ostseesand, vielleicht einige kleinere Gewächse. Absolut beeindruckend dann der Kai. Mit roten Klinkern verblendet der Stahlbeton, unten ein

Natursteinsockel und als oberer Abschluss handwerklich sauber verlegte Granitplatten hatten über 70 Jahre an den meisten Stellen ohne Probleme überdauert. Nur da, wo es das raue Meer-Klima einmal geschafft hatte, einen kleinen Ansatz zur Erosion zu finden, war die Verwitterung deutlich zu erkennen. Aber der massive Stahlbeton dieser Kaianlage (fast zu massiv für diesen Zweck) hatte selbst nach Jahrzehnten noch keinerlei Schaden genommen.

Im südlichen Teil des Bauwerks waren sogar die Klinker der fast fertigen Freitreppe zum Strand vollständig erhalten. Nur einige Birken hatten es geschafft, sich auf dem durch den Seewind abgelagerten Ostseesand anzusiedeln. Hier ließ sich unverkennbar die Breite des angedachten Strandes erahnen. Bis weit in die ursprüngliche und auch heute noch vorhandene Düne sollte diese breite Freitreppe zum Strand führen – die Düne hätte dazu komplett an die 40 Meter in Richtung der Unterkunftsbauten verlegt werden müssen.

Die gleiche Freitreppe war ebenfalls im Norden vorhanden, hier fehlte lediglich die Verklinkerung. An der nördlichen Seite befanden sich auch einige größere, markante Bäume im Übergang zum heutigen, ersten nördlichen Block. Könnten diese eventuell noch aus der damaligen Zeit stammen? Nachdem ich einige Zeit auf den vorhandenen Trampelfaden kreuz und quer vergeblich versucht hatte, mir einen Überblick zu verschaffen, war eines sofort klar: Hier mittels einer Vielzahl von Testbohrungen zu suchen, war völlig aussichtslos. Die Fläche war viel zu groß und unübersichtlich - ein gänzlich anderer Denkansatz musste her. Ich lief weiter hin und her, um zumindest jeden der erkennbaren Wege einmal gegangen zu sein. Nicht nur für den Architekturbetrachter beeindruckend, tauchte in meiner Sichtachse die geplante Empfangshalle im südlichen Abschnitt auf. Dieser Torso stand ohnehin schon auf meiner Liste der zu verarbeitenden Themen. Deshalb ließ ich ihn jetzt zunächst links liegen, obwohl schon der erste Anblick so beeindruckend war, dass ich meine Blicke kaum davon lösen konnte. Langsam kam die Dämmerung, sodass ich den

Heimweg antreten musste. Dabei fielen mir an einigen Stellen Betondeckel auf, die wie Kontrollschächte als Zugang in eine Kanalisation oder ‚Unterwelt' wirkten. Erstaunlicherweise waren sie offensichtlich zur Verhinderung eines unbefugten Öffnens auf verschiedene Art und Weise unzugänglich gemacht worden.

Mit diesen Zugängen sollte ich mich unbedingt noch intensiver beschäftigen. Sie mussten irgendeine Bedeutung haben. Auf dem Rückweg in mein Quartier drehte ich mich noch einmal um. Hier irgendwo im schönen Ostseesand schlummerst du also seit 1936 und wartest auf denjenigen, der dich finden oder sogar erlösen wird? Fast wie in einem Märchen! Jetzt musste ich mich aber beeilen, es wurde immer dunkler und mein erstes Telefonat mit Frau Glotz war für heute versprochen.

„Guten Abend Frau Glotz. Störe ich gerade?"
„Nein, nein es geht schon. Wie läuft es? Kommen Sie voran?"
„Na, ich habe ein gutes Quartier gefunden in der Wohnsiedlung Nord, Sie wissen schon, die flachen Häuser hinter der Anlage im Wald. Mit einem Job hat es auch geklappt. Ich kann für die nächste Zeit in der Jugendherberge als Mädchen für Alles arbeiten."
Beinahe war mir so, als hätte ich ein Hintergrundgeräusch gehört, eine männliche Stimme. ‚Hat er was?', oder so ähnlich.

„Was haben Sie schon herausbekommen?"

„Nein, noch nicht so viel. Es ist ja gerade mal der erste Tag. Ich habe aber schon eine Begehung des Festplatzes machen können. Da ist alles so bewachsen, dass es mit Probebohrungen, Spaten und Schippe keinen Sinn hat, irgendwo zu suchen."

„Sie wollten es aber irgendwie schaffen" sagte sie jetzt fast etwas schnippisch.

„Ich muss zurück in die Vergangenheit, versuchen Zeitzeugen aus den verschiedenen Phasen zu finden und so meine Suche eingrenzen."

Wieder war im Hintergrund etwas zu hören, ich konnte es aber nicht verstehen. Dann beendete sie schnell das Telefonat.

„Beeilen Sie sich. In einer Woche sprechen wir uns wieder."

Als ich an diesem Abend in meinem kleinen Zimmer saß und grübelte, wurde mir eins immer klarer: Ich musste den möglichen Fundort irgendwie eingrenzen. So begann ich in der kommenden Nacht mit meinen, später sogenannten ‚Geheimstudien'.

Ich musste mich zurückdenken in die Zeit, als alles begann. Einiges an noch vorhandenen Dokumenten hatte ich mitgebracht auf die Insel. Dies galt es nun zu sichten.

Aus den wenigen Fotos, die es von der Grundsteinlegung gab, wollte ich versuchen einen Gesamtüberblick zu erlangen, wo die vakante Stelle gewesen sein könnte. Dazu hatte ich mir eine Paustechnik erdacht, die nur die wesentlichen Aspekte herausstellen sollte und die wenigen verwertbaren Details zu einem Bild formen könnten. Mehrere Pinnwände hätte ich in meinem Zimmer damit füllen können. Das ging nur leider nicht, denn dieser Teil meiner Arbeit musste unbedingt unerkannt bleiben.

Da waren auch nicht viele offizielle Dokumente in den Archiven. Erstaunlich für ein solches Großereignis. Die Grundsteinlegung am 02.Mai 1936 musste doch die erste, ggf. beste und vielleicht fast einzige Quelle für meine Suche sein.

Zumindest als kleiner Start war da ein interessantes Foto aus einem Leipziger Archiv. ‚J.J. Weber' und ‚Foto Scherl' ist dort im Zusammenhang mit der Veröffentlichung am 05.05.1936 angegeben. Aus dem Süden aufgenommen. Am Himmel eine Staffel von Flugzeugen. Personengruppen und auch einzelne Menschen im Vordergrund waren deutlich zu erkennen. Viele Fahnen verdeckten teilweise einige Bäume im Hintergrund. Konnte davon irgendetwas als Orientierung dienen und eine örtliche Fixierung möglich machen? Die Grundstruktur des Platzes und die Platzierung des Grundsteins ließen sich immerhin gut erkennen. Ausschließlich links im Vordergrund war eine nicht von Personen verdeckte Fläche der Düne zu erkennen.

Eine erste Pause der Aufnahme aus dem Süden. Nur die wesentlichen Elemente des Bildes blieben erhalten.

Und rechts am Horizont zeigte sich der weitere Verlauf der Schmalen Heide mit dem Übergang der Küste in Richtung Saßnitz. Die Düne erscheint auf diesem Foto breiter als heute und kaum bewachsen. Die Bäume weiter hinten haben die Form und das Aussehen eines Dünenwaldes. Ganz im Vordergrund, etwas abseits von den ganzen Uniformierten in ihrer Appellaufstellung eine Gruppe von Zivilisten, anscheinend junge Leute, die nicht unbedingt zu den offiziellen Teilnehmern zu gehören schienen. Und in der Mitte des Bildes der Kern der Handlung. Eine Art Podest hebt sich aus der ursprünglichen Prora-Landschaft, drum herum ist eine Rasenfläche ausgelegt, offenbar um das Versinken der „Offiziellen" im weißen, weichen Ostseesand zu verhindern. Eine zentrale Rolle scheinen auch Bauarbeiter in ihrer typischen Berufsbekleidung gespielt zu haben. Direkt daneben steht eine Frau, etwas abseits des Geschehens, aber doch mit Blickrichtung auf den Grundstein. Daneben, keine zwei Meter entfernt ein kleiner Junge in der damals üblichen Kadettenbekleidung. Ein höchst spannend wirkendes Bild. Aber was wäre davon imstande, für mich interessant zu werden? Die Konstellation der Komponenten am Strand und in der Düne könnten gegebenenfalls wesentliche Anhaltspunkte enthalten.

Schon die Vorbereitungen zu der Großveranstaltung als Festakt sollen damals für die ganze Insel Rügen spektakulär gewesen sein. Immerhin von mindestens 6 Sonderzüge zwischen Stettin und Stralsund war die Rede in den Archiven, um möglichst vielen Menschen eine Teilnahme zu ‚ermöglichen'. Außerdem gab es zahlreiche Straßensperrungen, da auch von einem hohen Aufkommen an Kraftfahrzeugen ausgegangen wurde. Die Parkplätze für Autos und Motorräder befanden sich bemerkenswerter Weise lediglich im Ostseebad Binz. In Prora war ja noch nichts außer Urwald vorhanden (so konnte auch ein Expeditionsfilm der UFA noch 1935 in der unberührten Landschaft gedreht werden). Während aus Feldküchen Tee mit Rum ausgeschenkt werden sollte, war die übrige Versorgung durch fliegende Händler geplant, deren Aufgabe es wohl war, Würstchen anzubieten. Wenn ich nun, nur auf Basis dieses Bildes, die Lage des Grundsteins ermitteln wollte, blieb nur den Rand des Dünenwaldes als Linie gedanklich zu verlängern. Demnach war anzunehmen, die Lage des Grundsteins im Abstand vom Wasser sollte ungefähr dem Maß entsprechen, das sich ergab, wie sich theoretisch der Rand des Dünenwaldes in Abgrenzung zum Strand verlängern ließ. Einige größere Bäume sind zwischen den vielen Fahnen zwar zu erkennen, konnten aber bei dieser Aufnahme nicht weiterhelfen. Trotzdem hatte ich mir vorgenommen, nochmal nach den Bäumen des heutigen Bestandes und deren mögliches Alter zu schauen. Vielleicht waren die Jahre ungefähr zu schätzen, um daraus ableiten zu können, ob sie schon damals auf das Foto gelangt sein könnten.

Vieles schien schon auf diesem Foto auf die appellartige Aufstellung hinzudeuten. Aber das reichte nicht.

Die wenigen darüber hinaus noch zu findenden Nahaufnahmen zeigten zumindest den eigentlichen „Grundstein", einen Behälter, wahrscheinlich eine Stahlblechkiste recht deutlich. Auch die Abmessungen waren relativ klar zu erkennen.

Die qualitativ beste Nahaufnahme mit der Grundsteinkiste, den Granitplatten auf groben Holzbalken und mehreren Fotografen, einigen Zivilisten und vielen Uniformierten.

Ein Grundstein gehört immer in das Fundament des betreffenden Gebäudes. Auf den Fotos zu sehen war von einem der Baugröße des geplanten KDF-Bades entsprechenden Fundaments nicht viel, aber besser als nichts. Große Natursteinblöcke (Granit), die offensichtlich zum Verschließen vorbereitet auf groben Baumstämmen bereit lagen, im direkten Zentrum des Geschehens – das war es.

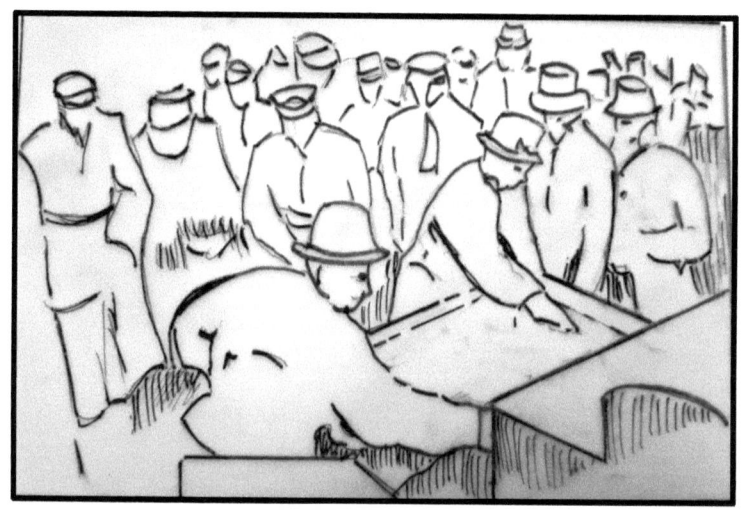

Eine weitere Nahaufnahme nach der Paustechnik. Diesmal von der anderen Seite, eventuell durch einen Fotografen, der auf dem anderen Foto zu sehen war, aufgenommen.

Kurz schoss mir ein Gedanke durch den Kopf: Wäre es auch möglich, dass das Ganze auf eine Täuschung, ein potemkinsches Dorf hindeutet? Diesen Gedanken lohnte sich auch im Hinterkopf zu behalten. Denn dann könnte sich der Grundstein fast überall befinden, schlimmer noch, die Kiste wäre nach der Zeremonie wieder herausgeholt worden und der Rest der Kulissen abgebaut, weggeschafft oder später bei den Tiefbauarbeiten einfach zugeschoben? Immerhin war aus den Quellen klar, dass nach der offiziellen Grundsteinlegung gar nicht angefangen wurde zu bauen. Mehrere Monate vergingen. Einerseits deshalb, weil zumindest pro forma der Architekten-Wettbewerb beendet werden musste. Böse Zungen hatten damals behauptet, Glotz stand schon vorher als Sieger fest und konnte so mit den Vorbereitungen beginnen. Erst im Sommer 1936 wurde der offizielle Zuschlag erteilt. Anderseits war die Baustellenvorbereitung noch nicht so weit. Ein typisches

Vorgehen in Nazi-Zeit. Viel Show aber noch nichts geschafft, würde man heute sagen. Im geplanten Mittelstück, dem Festplatz mit der großen Halle, sollte er genau in der Mitte eingebracht werden. Das stand fest. Aber war zu diesem Zeitpunkt überhaupt die Vermessung begonnen worden, um den genauen Standort ermitteln zu können?
Nach weiteren Recherchen stieß ich auf ein viel wichtigeres Dokument. Für den Festakt selbst gab es tatsächlich noch den überlieferten Aufmarschplan, der einen Eindruck hinsichtlich der Planung im Vorfeld des Ereignisses vermitteln konnte.
Also hatte ich auch davon eine Pause erstellt. Es war zwar ein Plan, der wahrscheinlich weit im Voraus erstellt wurde, aber erfolgte in der Realität des Geländes die Umsetzung 1:1 vor Ort?

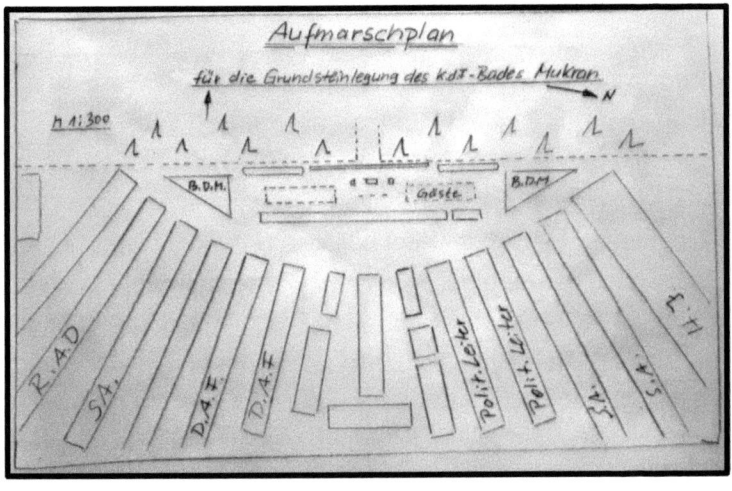

Neben Abordnungen von SA, SS sowie der Deutschen Arbeitsfront (DAF) war hier auch die Teilnahme von Wehrmachtsangehörigen zu erkennen. Demnach sollte - gemäß Ablaufplan - der Aufmarsch einer Ehrenkompanie des Marinestandortes Saßnitz mit Musikzug am Grundstein, das

Ankern eines Torpedobootes vor Mukran und das Überfliegen der Feststätte durch eine Staffel des Geschwaders „Hindenburg", stattfinden. All das war teilweise auf den Fotos zu erkennen. Es sollte eine imposante Inszenierung der Grundsteinlegung sein – mit dem Leiter des KdF, Robert Ley, sowie dem Gauleiter und Oberpräsidenten der Provinz Pommern, Schwede-Coburg als Redner. Auf der anderen Seite muss es für die Teilnehmer überaus anstrengend und beschwerlich gewesen sein. Die Sonderzüge, z.b. aus Stettin mussten schon um 1.00 Uhr nachts losfahren, um gegen 5.40 Uhr in Binz anzukommen. Ab hier waren die ca. 6 Kilometer zum Veranstaltungsort zu marschieren, wo der Festakt erst um 9.00 Uhr begann. Zurück ging es dann für die meisten Teilnehmer schon wieder am frühen Nachmittag. Also wurden die Massen für diese Großveranstaltung in Ermangelung von entsprechenden Ressourcen auf der Insel einfach ‚herangekarrt'. Zwölftausend sollen es gewesen sein. Kamen auch alle am eigentlichen Bestimmungsort an. Vielleicht haben sich einige einfach einen schönen Tag in Binz gemacht?

Lange saß ich vor den wenigen Unterlagen und zermarterte mir das Gehirn, wie ich eine Verbindung zum ‚Heute' herstellen könnte.

Fast wie aus Zufall fiel mir der mitgebrachte Ausdruck des Festplatzes von Google Earth wieder in die Hände. Erstaunlich, wie die Natur sich das Areal zurück erobert hatte. Nur im nördlichen Teil nahe der Kaianlage war noch eine ‚Sandwüste' vorhanden, das restliche Gebiet aber gleichmäßig bewachsen. Beinahe könnte man eine Art Struktur auf dem Bild erkennen. Einige Schneisen verliefen in Form von Wegen über dem Platz. Einer parallel zur Flucht der Blöcke in Nord-Süd-Richtung, andere ebenfalls parallel zu den Achsen der Empfangshallen. Weitere Wege, eher Trampelpfade, verliefen leicht seitlich geneigt zwischen dem Kai und dem Hauptweg zwischen der nördlichen und südlichen Bebauung. Nur einen Teil davon hatte ich bereits erkundet. Zwei Baumgruppen wirkten in dieser Aufnahme stärker ausgeprägt, einmal direkt neben dem Fundament des am südlichen Rand in Verlängerung der Empfangshalle geplanten Gemeinschaftshauses und eine andere im nördlichen Teil direkt neben der „Sandwüste". Ich beschloss, auch aus diesem Bild eine Pause zu erstellen.

Vereinfachte Grundstruktur des Festplatzes mit den vorhandenen Bauten und sonstigem Bewuchs

Wie konnte ich meine bisherigen Erkenntnisse und Informationen miteinander verbinden? Die Maße des Festplatzes waren eindeutig via Google zu definieren und mit den vorhandenen Karten abzugleichen.

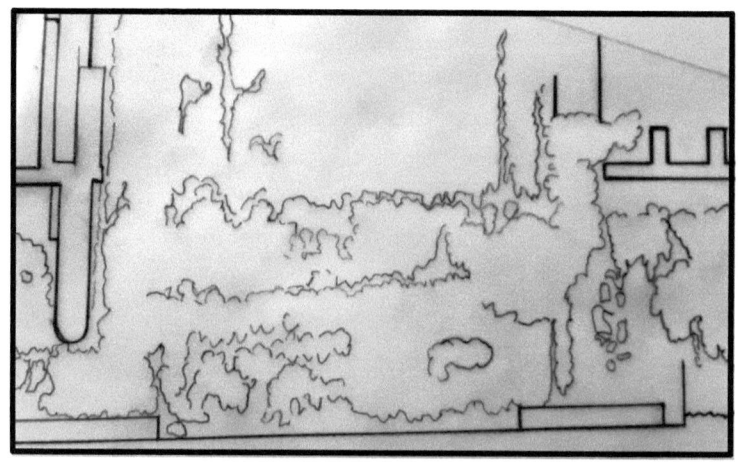

Der Festplatz gepaust ohne Hintergrundbild zeigt die wesentlichen Strukturen.

Das gleiche galt für die Tiefe des Strandes und den Abstand vom Ufer bis zur Flucht der Blöcke. Die Kaianlage ragte zwar einige Meter in die Ostsee herein, aber der Strand links und rechts konnte sich hier am flachen Ufer nicht wesentlich verändert haben. Vorwiegend herrschender Westwind führte nicht zu einer nachhaltigen Erosion in diesem Teil der Prorer Wiek. Höchstens einige Zentimeter pro Jahr, also in knapp achtzig Jahren vielleicht maximal einen Meter. Als weitere Fixpunkte konnten die südliche und teilweise auch die nördliche Randbebauung herangezogen werden.

Mir kamen noch zwei andere Bilder von der Grundsteinlegung in den Sinn. Sie sahen fast identisch aus und doch zeigten sie unterschiedliche Ausschnitte des Geschehens. Schon mehrfach hatte ich sie beiseitegeschoben. Aber immer wieder zog ich die Aufnahmen hervor, erstellte ebenfalls Pausen davon. Bei dem wenigen vorhandenen Material mussten auch daraus irgendwie zusätzliche Informationen zu gewinnen sein.

Nach langen hin- und herschieben der Pausen mit leichter Überlappung ergab sich plötzlich ein Panoramabild, das ich zusammenklebte und gleich anschließend kam wiederum die bewährte Paustechnik zum Einsatz. Es entstand, auch durch Weglassen unwesentlicher Teile, eine klare Struktur, die deutlich an den Aufmarschplan erinnerte. Im mittleren Teil der Formationen war durch eine Lücke genau ein Streifen Sand zu sehen, der sich bis zum Wasser hinzog, und damit auch die Aufstellung der Personen von vorne bis hinten seitlich zu erkennen. Genauso der leichte Anstieg des Geländes vom Strand bis auf die Düne. Viele Pferdefuhrwerke und auch einzelne Person standen direkt am Ufer. Dieses Stück wurde wohl wegen dem Wellengang und einer möglichen Brandung bei der Planung ausgelassen. Am linken Bildrand zeigten sich einerseits unverkennbar die errichtete Konstruktion zur Grundsteinlegung mit ihrer grünen Einfassung, daneben eine Art Kamerapodest und natürlich jede Menge Fahnen. Im Hintergrund waren wieder Saßnitz, die Kreidefelsen und auch die Schiffe zu sehen. Die Aufnahme war in der Mitte genau genug, um sogar einzelne Personen zu erkennen. Ich konnte also auszählen, wie viele hintereinander standen. Nun machte ich mich an eine kleine Rechenaufgabe, die angetretenen Menschen in ein Längenmaß umzurechnen. Im Abgleich mit dem gezeichneten Aufmarschplan standen dort im Vordergrund etwa zwanzig dunkel bekleidete Personen, dahinter ungefähr fünfzehn mit heller oder weißer Kleidung, sowie nochmals vielleicht fünfzehn Angetretene bis kurz vor das Ufer in Querformation mit wiederum eher dunklen Uniformen.

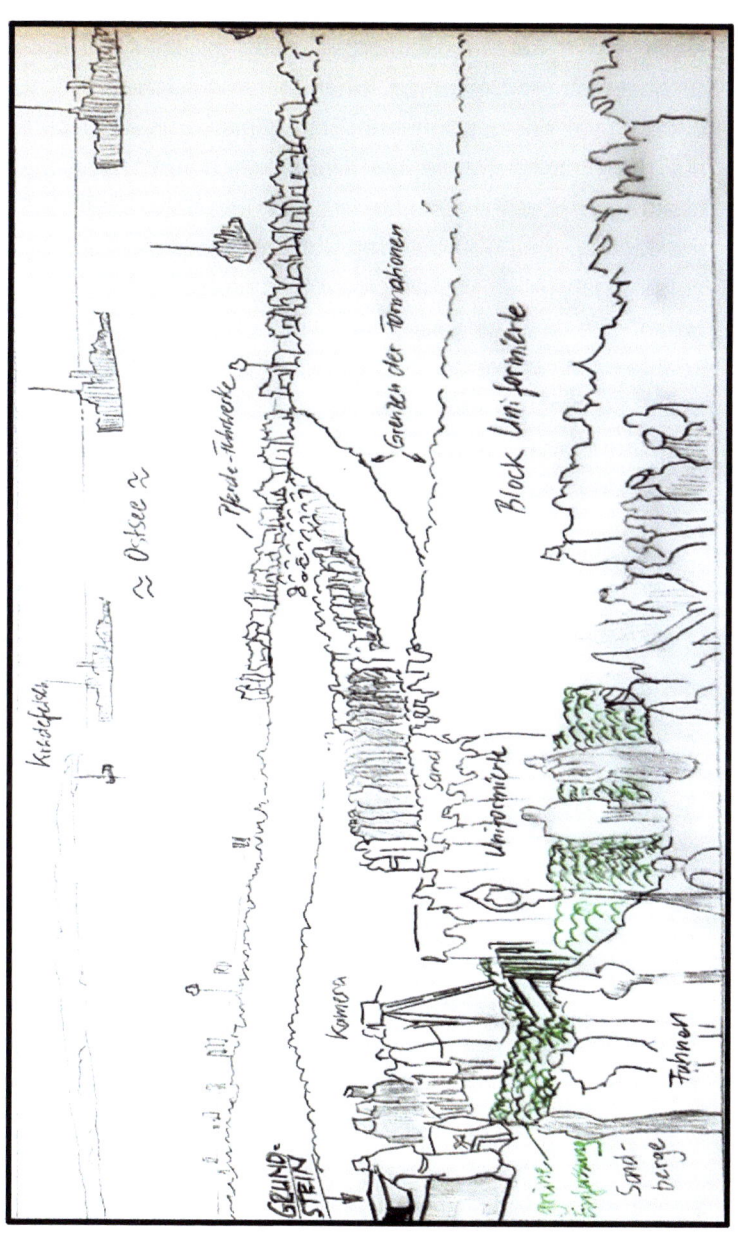

Panoramabild aus mehreren Fotos zusammengestellt und anschließend als Gesamtübersicht gepaust.

Nach einer kurzen Recherche über militärische Appelle rechnete ich pro Person ca. einen Meter in solchen Formation und begann die gewonnenen Erkenntnisse maßstabsgerecht auf die erstellte Pause der Draufsicht des Festplatzes zu übertragen. Zusätzlich hatte ich die als Sand erkennbaren Freiflächen, die Düne und das Ufer mit den Pferdefuhrwerken aufgetragen. Alles passte plötzlich irgendwie zusammen. Es ergab sich ein „Idealstandort", wenn angenommen werden konnte, der Grundstein war genau mittig gelegt worden. An dieser Stelle musste ich aber meine Bedenken berücksichtigen, ob zum Zeitpunkt der Zeremonie das Gelände tatsächlich schon exakt eingemessen worden war. Deshalb entschied ich mich, um diesen Punkt einen möglichen Bereich zu definieren, der etwaige Abweichungen tolerierte. Bei einer kurzen Gegenrechnung erschrak ich gleich wieder, denn dieser angenommene Suchbereich hätte um die 300 m Länge und 40 m Tiefe, also über einen Hektar umfasst. Mit diesen Gedanken ging ich erst in den frühen Morgenstunden ins Bett. Vorher musste ich noch meine Unterlagen sicher verstauen. Sie durften nicht von meinen Wirtsleuten entdeckt werden. Trotzdem wollte ich sie wie eine Übersicht des Standes meiner bisherigen Ergebnisse im ständigen Zugriff erhalten. Da fielen mir die Innenseiten des großen, offenen stehenden Kleiderschrankes ins Auge. Schnell waren die wesentlichen Dokumente mit Klebeband fixiert und ich schaute vom Bett aus nochmal befriedigt auf mein Zwischenergebnis des ‚Mainboards'. Viele Gedanken gingen immer noch durch meinen aufgewühlten Kopf. Erst als ich noch zwei Klebezettel beschriftet hatte, die später in mein kleines schwarzes Notizbuch sollten, konnte ich endlich einschlafen:
Weitere Exkursionen getarnt als Spaziergänge über das gesamte Gelände! Was ist im Untergrund des Festplatzes?

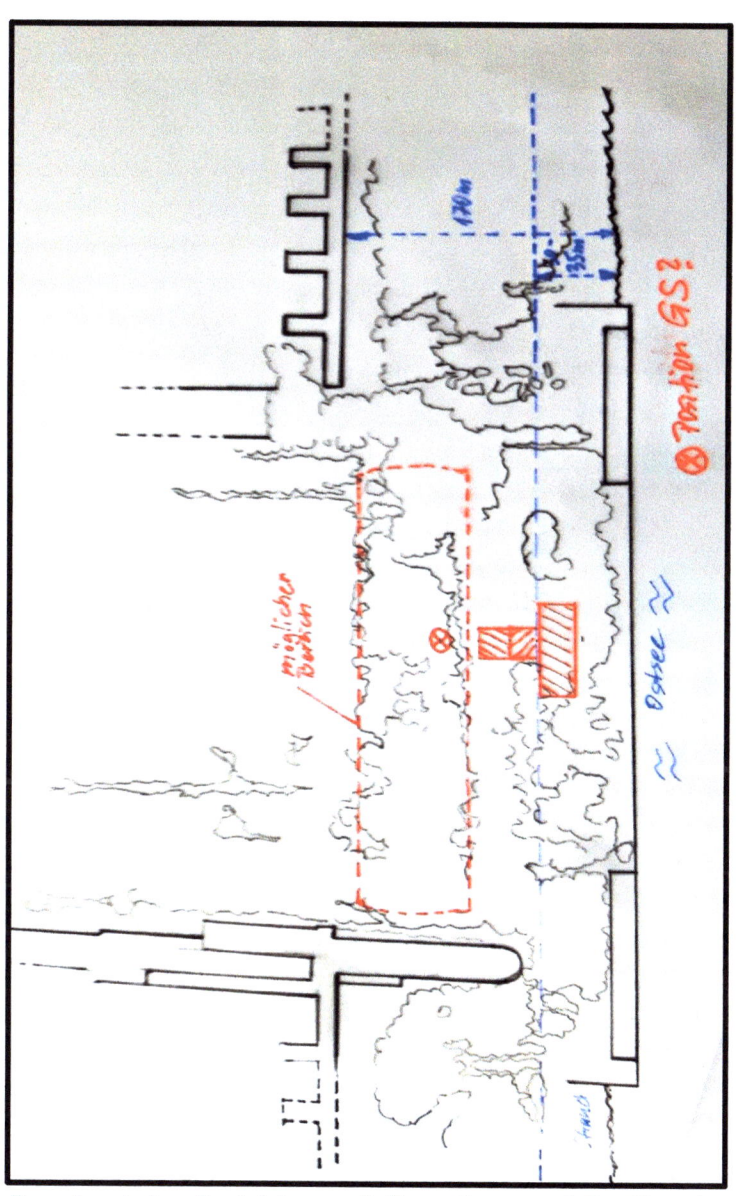

Das Areal des Festplatzes mit Bemaßung und Position des Grundsteins sowie des möglichen Suchgebietes.

Als eine weitere, nächste Basisarbeit für meine „Grundstein-Sache", aber natürlich auch für die Doktorarbeit zur Architektur und Geschichte von Prora musste ich mich auch mit der unterschiedlichen und teilweise verwirrenden Darstellung des Gesamtkomplexes beschäftigen. Übereinstimmend sagten alle Quellen heute, die Blöcke standen zu Kriegsbeginn 1939 in sehr unterschiedlichen Bauständen, maximal aber als Rohbau in der Landschaft. Einzig Bausicherung wurde während des Krieges noch vorgenommen. Es waren zu diesem Zeitpunkt aber alle acht Blöcke zumindest ‚vorhanden'.

Mit dem Kriegsende gehen die Aussagen dann stark auseinander. ‚Die Russen haben das alles weggesprengt' war dann die allgemeine Meinung in der Bevölkerung. Den Beweis dazu sollte man auch auf den Rügen-Karten zu DDR-Zeiten sehen können. Nur zwei Bahnstationen liegen auf der Schmalen Heide, einer ohne Namen, der andere, südlichere hieß „Prora Ost". Lange galt es als wahrscheinlich, dass die Rote Armee nach Kriegsende den damalig südlichsten Block entweder selbst gesprengt, oder aber die Sprengung veranlasst hatte. Aber warum? Eindeutige Quellen gibt es nicht. Immer wieder wird von weiteren Sprengungen berichtet. Vielleicht auch in der Mitte bei der Kaianlage? Hatten schon die Russen den Standort des Grundsteins gefunden und gleich mit weggesprengt? Alles was mit den Nazis im weiteren Sinne in Zusammenhang gebracht werden konnte, sollte für immer vernichtet werden. Prora wurde nicht nur als KdF-Bad, sondern auch als getarnte Anlage in Verbindung mit der Heeresversuchsanstalt in Peenemünde (V1 und V2 Raketen) gesehen.

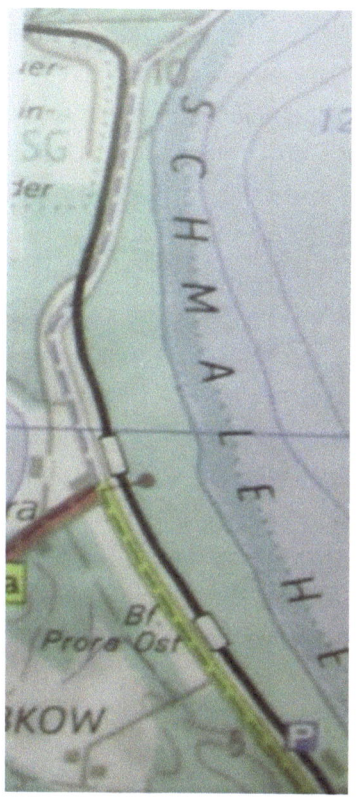 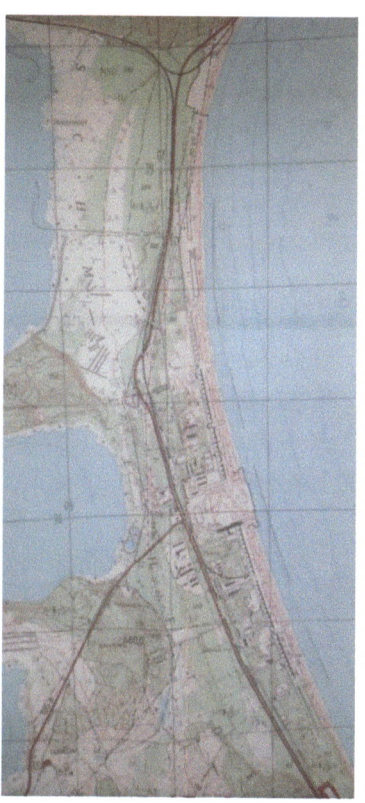

Links: Ausschnitt aus einer alten DDR-Landkarte. Zu sehen ist nichts, nur Wiese und Wasser. Der Bahnhof Prora wurde nicht benannt. Quelle: Foto von einer alter DDR-Landkarte 1988; Rechts: Gleicher Ausschnitt aus einer topographischen Karte Stand 1983/86 mit den Prora-Blöcken, damals Vertrauliche Verschlusssache. (Quelle: Privatarchiv des Verfassers)

Ich beschloss, eine umfassende Begehung der gesamten Anlage durchzuführen. Nur so konnte ich mir ein eigenes Bild machen. Start am ersten Samstag meines Aufenthalts an der Stelle des ersten Blockes im Süden, vielmehr das, was noch vorhanden war. Lediglich noch Teile der Fundamente sind im

Wald zu finden. Direkt im Anschluss landeinwärts folgt eine Garagenreihe und in Richtung Binz die Bungalowsiedlung des Bundeswehr Sozialwerks. An einigen Garagen haben sich die Besitzer dahinter einen kleinen Garten eingerichtet. Und hier treffe ich tatsächlich jemanden in der wahrscheinlich nur am Wochenende belebten Anlage. Toni saß alleine bei einer Flasche Hasseröder. Fast hätte ich ihn nicht bemerkt. Aber er hatte mich natürlich schon lange beobachtet. Fixiert auf die mit Moos überwachsenden Reste aus Beton sah ich ihn im Augenwinkel fast unbeweglich in seiner kleinen Sitzgruppe.

„Ach, hallo", war das einzige was mir als Begrüßung einfiel.

„Na, auch auf der Suche nach irgendwas?"

„Hier muss doch der erste Block gestanden haben."

Fast wie etwas abwehrend gelangweilt schaute Toni durch mich hindurch in den Dünenwald. Ich war also nicht der erste und würde aus seiner Sicht auch nicht der letzte sein, der hier nach irgendetwas suchte.

„Ja, du stehst drauf." lachte er.

Scheinbar war ihm nach etwas Abwechslung oder Gesellschaft.

„Hallo, ich heiße Peter und bin das erste Mal auf der Prora. Deshalb schaue ich mich hier ein bisschen genauer um", versuchte ich ausweichend zu antworten.

„Toni" antwortete er kurz. „Komm rein, ein Bier?"

Also stieg ich über den kleinen Gartenzaun, der sein Reich gegen das restliche Umland abgrenzte. Schnell war das Bier offen und ich setzte mich auf den zweiten Stuhl neben ihm. Wir saßen uns nicht gegenüber, sondern schauten beide in die gleiche Richtung - ins nicht mehr Vorhandene.

„Wohnst du hier?" fragte ich Toni.

„Klar, hier im Neubaublock aus den Ost-Zeiten in der Strandstraße, nicht in den schönen neuen Wohnungen da vorne im Block , Haus Aqua und Aurum sollen die heißen" und zeigte in Richtung der Blöcke, in denen schon neu gebaut wurde.

„Ja, ich auch nicht" versuchte ich eine Diskussion in die falsche Richtung zu vermeiden. Nicht, dass er noch dachte, ich gehöre zu den ‚neuen Reichen", die hier auch überall ‚rumschlichen'.

„Ich mache hier einen Ferienjob und hab nur ein Zimmer zur Untermiete. Nichts mehr zu sehen vom ersten Block", versuchte ich das Gespräch zu lenken.

„Denkt man, aber die Fundamente liegen noch drunter."

„Ach so, hier gleich unter der Erde?"

„Ich merke schon, du weißt scheinbar nicht viel. Die waren schon damals viel schlauer als man denkt. Solche Häuser in den Ostseesand zu bauen, war und ist ein echtes Problem. Es ist nur eine Frage der Zeit, bis es sich in die eine oder andere Richtung neigt. Unsere Neubaublöcke stehen jetzt schon schief. Da haben die sich gedacht, wir machen das wie im Schiffsbau. Ein langes, leicht gebogenes Fundament mit ‚ordentlich' Stahl ergibt einen Bogen, so dass das Haus weder in die eine noch in die andere Richtung umkippen kann. Und so liegt es hier unten drin. Von hier vorne bis ganz nach hinten zum allerletzten Ruinen-Block."

„Über die ganze Länge, verrückt, das sind ja einige hundert Meter."

„4,5 Kilometer. Jeder Block hat 500 Meter und die Kaianlage auch noch mal. Manche behaupten sogar, es geht durch bis nach Binz."

„Also so ein langer Streifen Beton?"

„Na schon ein bisschen mehr. Da ist noch so eine Art Keller drin."

„Über die ganze Länge?"

„Ja, der geht durch, man kommt aber wohl nicht mehr überall lang."

Jetzt wurde es immer interessanter für mich. Ich wollte aber nicht zu direkt fragen.

Daher: „Hast du mal hier gearbeitet?"

Vom geschätzten Alter sollte er schon Rentner oder Frührentner sein.

„Na früher, bis kurz nach der Wende war ich Zivilangestellter im ersten Block hier vorne."

„Wie, Block Eins gibt es doch nicht mehr?"

„Genau, das ist auch so ein Problem. Nachdem der eigentliche Block Eins nicht mehr da war, hieß der Block Zwei dann Block Eins und noch komplizierter: Als dann der neue Block Eins zum NVA-Erholungsheim wurde, begann die Nummerierung erst mit dem nächsten Block, der dann zum Block Eins wurde."

Er lachte, als er meine Verwirrung sehen konnte.

„Ich habe gehört, die Russen haben hier vorne alles gesprengt?" begann ich das Gespräch wieder neu aufzubauen.

„Nein, ich glaube das nicht. Der erste südliche Block hier war 1939 am wenigsten weit, es heißt gerademal bis zum 3. Stock hochgezogen. Erst mussten die Leute zwangsweise nach dem Krieg so viel wie möglich demontieren, für die Russen als Kriegsentschädigung. Das ging so ein paar Jahre. Und dann wurde der Rest überall geplündert. Baumaterial wurde dringend gebraucht, da bot sich der Riesen-Rohbau an. Die zwischen dem Stahlbeton vermauerten Steine waren schnell rauszuhauen, Fenster waren ja noch nicht drin und auch noch kein Putz dran. Dann stand irgendwann nur noch das Gerippe da. So ähnlich wie heute ganz hinten bei den Ruinen von den letzten zwei Blöcken Richtung Mukran. So zwischen 1948 und 1949 muss es gewesen sein, als bei den Abrissarbeiten Menschen tödlich verunglückt sind, mein Vater hat mir davon erzählt. Also wurde durch ein deutsches Sprengkommando versucht, Reste des Baus sicherheitshalber zu sprengen,

jedoch war der Bau so stabil und widerstandsfähig, dass es nicht, oder nur teilweise, gelang. So ist der ehemalige Block Eins weggekommen und ein Stück vom zweiten Block."
„Alles weg?", versuchte ich ihn am Erzählen zu halten.
„Nicht ganz. Noch heute kann man Steine mit den Prägungen der Ziegeleien finden, jetzt bei den Sanierungen. Ich hab auch mal welche gesammelt, eine Zeit lang. Dachte, die kann man teuer verkaufen, so wie die Teile der Berliner Mauer."
Er lachte leise. „Ich hatte einen guten alten mit der Nummer 25/345/1000 A11. Da kann man im Internet suchen und findet dann z.B. die Baufirma ‚Siemens-Bauunion' oder so. Die sind selten, weil das meiste ja rausgeplündert wurde und die Steine heute bestimmt in so einigen Häuser der Umgebung vermauert sind."
Wieder lachte er leise, fast schon gequält.
„Dann hab ich auch welche aus der Zeit nach dem Krieg gefunden. Da entdeckt man Steine mit der Prägung VEB ZVI oder einfach 10."
„Damit ist ja klar, dass erst zu DDR-Zeiten richtig ausgebaut wurde?!"
Aber jetzt wollte ich das Gespräch wieder etwas drehen:
„Wie war da so, in einer Kaserne zu arbeiten?"
„Nix Kaserne, das war NVA-Ferienheim!"
„Ach so, also fast wie Kraft durch Freude?"
„Na ja, aber nur für die Tagesäcke."
„Tagesäcke?"
„Na die Offiziere, nicht für Soldaten. ‚Walter Ulbricht' hieß es."
Und dann plötzlich das abrupte Ende:
„Ich muss jetzt noch Bier holen gehen."
Das waren mein Stichwort und zugleich mein Schlüssel für weitere Gespräche.

„Ich kann ja nächstes Wochenende mit einem Sixpack vorbeikommen?"
„Ein Kasten wäre besser" lachte er.
„OK, ich bringe ein paar Bier mit, wann passt es denn?"
„Ist mir egal, ich bin eigentlich immer hier, Sonnabend und auch Sonntag, hab ja sonst nichts zu tun und nur auf der Neubaubude hocken…"
Für mich war Toni ‚Der Zivile' in meinem kleinen schwarzen Notizbuch.

Die Sache mit den Blöcken, deren Nummerierung, den Aufgängen und Höfen dazwischen ließ mir keine Ruhe. Ich musste mir hierzu eine Übersicht erarbeiten, um die Logik für meine weiteren Nachforschungen zu verstehen. Klar war bisher nur eins: Die Bezeichnungen wurden immer wieder geändert bzw. neu interpretiert. In den Entwürfen zur Anlage bezeichnete man ursprünglich die Blöcke als Flügel. Flügel eins jeweils nördlich und südlich am Festplatz gelegen und dann in der weiteren Folge nach außen durchnummeriert. Nach dem Krieg hat sich dann die Logik geändert. Man sprach von den Blöcken in römischen Ziffern, wobei der südlichste Block als Block I galt und der nördlichste demnach als Block VIII, also von Süd nach Nord über den Festplatz hinweg beziffert. Nach den Sprengungen und Plünderungen wurde im Sprachgebrauch der Block II zum Block I und der Block I (da ja nicht mehr vorhanden) zum sogenannten Block 0. Aber damit war die von Toni genannte Verwirrung noch nicht beendet. Scheinbar mit der Nutzung des nun mit Block I bezeichneten Teils der Anlage als NVA-Erholungsheim änderte sich die Nummernfolge erneut. Die Nummerierung begann jetzt erst mit dem nächsten Block in Richtung Norden. Um diese (Un)logik besser zu verstehen, hatte ich mir eine eigene Skizze der Historie erstellt.

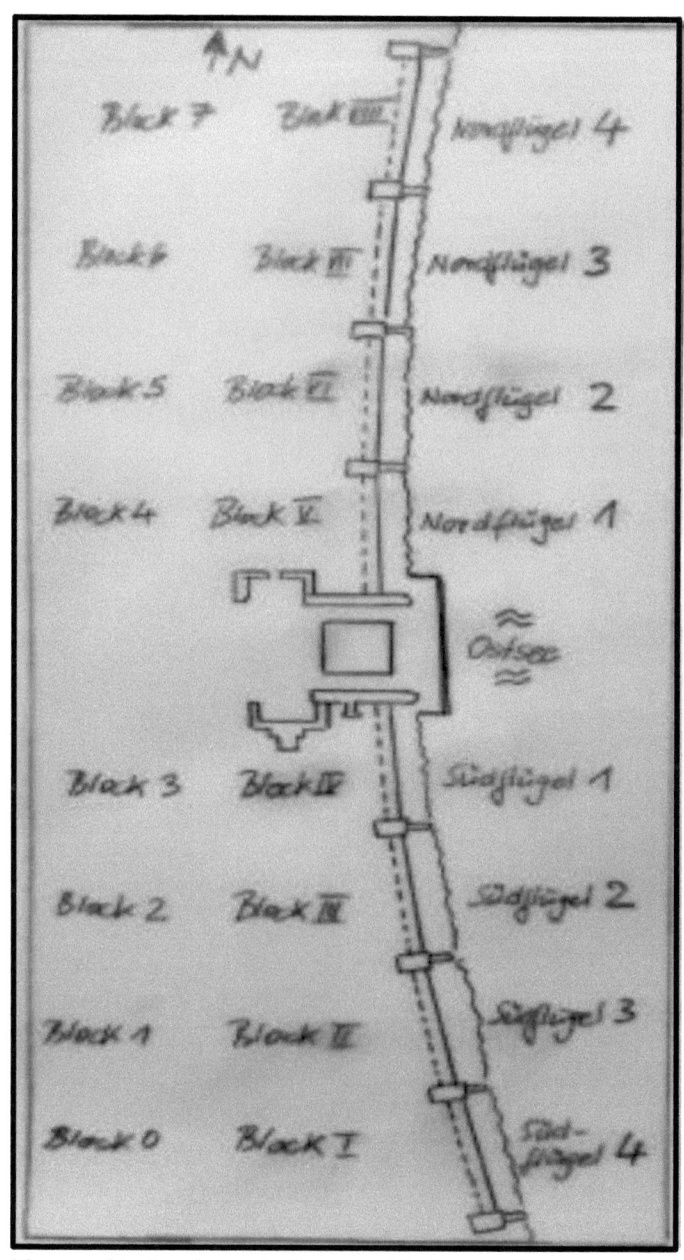

Von rechts beginnend die verschiedenen „Benennungen" der einzelnen Blöcke im Zeitverlauf.

Diese erstaunliche Veränderung war bis heute an den noch vorhandenen Bezeichnungen, die man an den Treppenhäusern findet, nachzuvollziehen.

Links oben am Treppenhaus 7 mit Block 2 bezeichnet, ist am ursprüngliche Block IV. Rechts oben das TH 5 am Block V. Links unten das TH 9 am Block II. Rechts unten das TH 4 am Block VI (hier ohne Blockbezeichnung).

Während der Nutzung durch die NVA spielte eine durchgängig schlüssige Nummerierung der Blöcke wahrscheinlich auch keine so wichtige Rolle mehr, da nach und nach eine Trennung in separate Armeebereiche mit eigenem Zugang (den sogenannten Kontrolldurchlass-Punkten KDL) erfolgte. Mit der Fertigstellung meiner Zeichnung wurde mir nochmals klar, wie wichtig es werden würde, bei der Dokumentation und in den Gesprächen stets zu beachten und auch zu wissen, wer spricht gerade worüber, bezogen auf Zeit und Ort. Ansonsten wäre jede logische Ableitung ohne Sinn. Die Definitionsfragen gingen auch bezogen auf die einzelnen Blöcke weiter. Zunächst war die Grundgliederung scheinbar eindeutig: Zehn Treppenhäuser pro Block mit jeweils neun dazwischenliegenden Gebäudeteilen plus jeweils eines als südlichen und nördlichen Abschluss, so dass pro Block elf seeseitige Gebäudeteile geplant und gebaut wurden. Teilweise wird heute in der Fachliteratur mitunter von Segmenten gesprochen. Diese Segmente oder Gebäudeteile sind aber eigentlich jeweils neun Bettenhäuser und zwei sogenannte Liegehallen. Alle Liegehallen waren nicht zur Unterbringung vorgesehen, sondern sollten zur Seeseite offen bleiben und damit auch bei schlechterem Wetter die gute Salz Luft erlebbar machen.

Die Eingänge zu den Treppenhäusern liegen jeweils gegenüber, sodass ein Aussehen von gefühlten Höfen entsteht, die teilweise auch als Lichthöfe benannt wurden. Einzelne Treppenhäuser, und zwar diejenigen an den Liegehallen, erhielten an den gegenüberliegenden Seiten je einen Fahrstuhl. Auch über der Erstellung dieser Skizze hatte ich lange gebrütet, nun erschien sie logisch.

Um alles von den Entwürfen über die Planung bis hin zum heute noch vorhandenen Ist-Zustand miteinander verbinden zu können, entschied ich, für mich (meine) die Logik der Blöcke I-VIII anzuwenden und für die Treppenhäuser die

Nummerierung ebenfalls von 1 bis 10, beginnend immer im Süden.

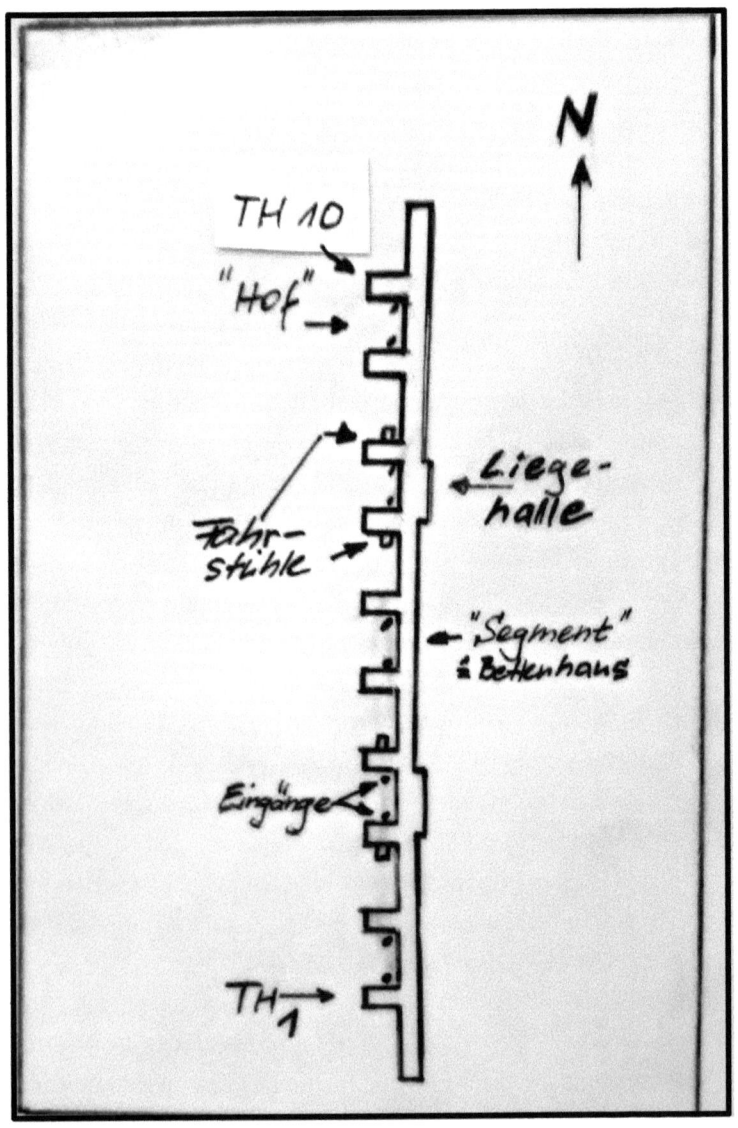

Die Logik der Treppenhäuser und Höfe dargestellt an einem Block.

Eine erste Spur? Am ersten Sonntag auf der Insel lief ich nach Binz. Ich wollte etwas bummeln und vielleicht auch hier noch zu Informationen kommen. Im Café Horn in der Hauptstrasse sollte es den leckersten Kuchen geben. Also bestellte ich mir ein schönes Stück von den selbst gemachten Torten des Konditormeisters Horn und natürlich ein Kännchen Kaffee dazu. Hier war es noch üblich auf der Terrasse den Kaffee als Kännchen zu bestellen. Über das Ordern und Servieren kam ich mit der Kellnerin ins lockere Plaudern über Prora. In einem Buch über die DDR-Zeit hatte ich gelesen, dass es sogar ganz besondere Bewohner gegeben hatte, die auch hier in Binz für einiges Aufsehen gesorgt haben sollen. Ich fragte dann ziemlich direkt:

„Im Block 4 (mein Block V) soll es ja zu DDR-Zeiten eine sogenannte ‚besondere Offiziersausbildung' gegeben haben."

„Ja" sagte sie, „der Volksmund nannte das dann auch Terroristen-Ausbildung, weil dort junge Männer aus aller Herren Länder ausgebildet wurden und keiner so richtig wusste, wo sie herkamen und wann sie wohin wieder weggingen. Und immer, wenn sie Ausgang hatten, kamen sie hier nach Binz in die Cafés und Gaststätten."

„Durften die denn raus?"

„Ja klar, die hatten ja sogar Westgeld in den Taschen und haben sich teilweise, sagen wir mal, etwas daneben benommen, oder über die Stränge geschlagen."

Meine Recherchen hatten bereits folgendes ergeben: Die Liste der Herkunftsländer reichte ab 1981 über 17 Länder von A wie Afghanistan, Äthiopien, über den Nord- und Süd-Jemen, Kongo, Kuba, Kambodscha, Laos, Libyen, Mozambique, Nikaragua, Nordkorea, Syrien, Tansania, Vietnam bis Palästina. Besonders interessant erscheint dabei auch heute noch, dass die „Auszubildenden" aus Palästina unter PLO (also die palästinensische „Befreiungsfront" unter Arafat) als Herkunftsland bzw. Nationalität geführt wurden. Noch heute melden sich in verschiedenen Internetforen Ehemalige aus dieser Ausbildung, zum Beispiel auch aus Südamerika. Insgesamt sind an die tausend Offiziere so geschult worden. Ja, auch über das Verhalten gibt es viel zu lesen und natürlich noch mehr zu hören. Vor allem im Winter, wenn keine Touristen auf der Insel waren und damit auch die meisten Gaststätten geschlossen hatten, soll es zu Auseinandersetzungen zwischen den Einheimischen und insbesondere mit den Soldaten, den Wehrpflichtigen der DDR aus den anderen Blöcken gekommen sein.

„Was heißt das, sie haben sich daneben benommen?"

„Na, wie soll ich das jetzt sagen, da kommen junge Männer aus fernen Ländern hier auf unsere Insel und wollten sich natürlich etwas amüsieren. Und dann noch mit Westgeld in den Taschen haben einige versucht, einen auf ‚dicke Hose' zu machen. In den Gaststätten und Discos ging es dann um die wenigen einheimischen Mädels oder auch die Kellnerinnen. Worauf sich die deutschen ‚Armisten' und Jungs von hier herausgefordert fühlten und es soll zu handfesten Auseinandersetzungen gekommen sein. Da gibt es auch eine Legende, wonach es sogar einen Todesfall gegeben haben soll. Und vom Rasierklingen-Schnipsen. Aber das sind wohl nur Gerüchte und immer wieder weitererzählte Geschichten, die als ‚stille Post' zu Halbwahrheiten wurden. Viele der Soldaten haben mir außerdem erzählt, dass sie bei den Appellen, bevor sie in den Ausgang gehen durften, eine schriftliche Belehrung unterschreiben mussten, Streit zu vermeiden, die sogenannten ‚Freunde' aus den anderen ‚Bruder'-Ländern nicht zu provozieren und niemanden aus der Gruppe allein ziehen zu lassen."

„Ich habe gelesen, dass die Ausbildung im Block römisch Fünf in der Offiziershochschule ‚Otto Winzer' stattfand?"
„Block 5?"
Da war schon wieder die Verwirrung.
„Also der heutige Block 4 in arabischen Zahlen nach den Sprengungen."
„Ja der gesamte Block war dafür reserviert."
„Wie lange ging das?"
„In den achtziger Jahren hat es angefangen. Es hieß, Schalck-Golodkowski hat die Ausbildung für harte Dollar verkauft. An einer ‚deutschen' Offiziersausbildung schien weltweit viel Interesse zu bestehen und all diese Länder waren bereit, einen festen Dollar-Betrag im Voraus dafür zu bezahlen. Mit dem Tag der Maueröffnung war dann alles ganz schnell vorbei. Manche behaupten, die restlichen Ausländer wurden direkt in der Nacht des Mauerfalls ausgeflogen."
Über Schalck-Golodkowski hatte ich auch schon gelesen. Der Chef des Bereiches Kommerzielle Koordinierung hatte wirklich alles zu Devisen gemacht, was die DDR zu bieten hatte bzw. leisten konnte. Ich fragte aber in diese Richtung lieber nicht weiter.
„Und heute, heißt das, alle sind weg?"
„Ja, alle sind weg, also hier von der Insel. Nur einer ist hier hängengeblieben."
„Wie, es ist noch jemand da?"
„Einer ist noch da. Er hat hier seine Frau kennengelernt und ist dann hiergeblieben."
„Ach, das ist ja interessant. Wo trifft man ihn?"
„Manchmal geht er mit seiner Familie am Wochenende hier in Binz und Umgebung spazieren. Ich weiß nicht genau wo er wohnt."

Das war dann mal eine wirklich wichtige Information für mich und vielleicht auch eine erste Spur. Mit weiterem Smalltalk versuchte ich das Gespräch zu einem Abschluss zu bringen und ging in Gedanken vertieft die Strecke am Strand zurück. In den nächsten Tagen hatte ich dann versucht, nähere Informationen über diesen einzig verfügbaren Zeitzeugen herauszufinden. Natürlich gab es bestimmt genug ehemalige Offizieren und andere Personen, die mit dem Block V zu tun hatten. Aber nur ein echter „Insasse" erschien mir besonders interessant.

Als ich an diesem Abend, dem achten Tag auf der Insel, mein wöchentliches Telefonat mit Frau Glotz machen „musste", klingelte es am anderen Ende ziemlich lange. Fast hätte ich schon gedacht, ich komme um diese unangenehme Pflicht herum.

„Ja, Herr Propars, was gibt es zu berichten?"

„Ich habe das gesamte vorhandene Material ausgewertet. Die vorhandenen Fotos, einige Pläne und vieles mehr."

„Vieles mehr?"

„Alles, was ich so auftreiben konnte, aber all das zusammen gibt trotzdem nicht viel her."

„Wie, sonst nichts?"

„Doch, doch, ich habe eine Idee entwickelt, das Suchgebiet auf dem riesigen Areal einzugrenzen. Es ist aber immer noch zu groß."

„Herr Propars", sagte sie mit deutlich ernster Stimme, „das muss schneller gehen!"

Warum drückte sie derart auf das Tempo? Spontan entschied ich mich, noch eine weitere Information preiszugeben.

„Ich habe auch einen Zeitzeugen gefunden. Er hat lange Zeit im Block II, also in dem NVA Erholungsheim ‚Walter Ulbricht' gearbeitet. Als Zivilangestellter."

„Ja und, wie kann er uns helfen?"

„Naja, ich wollte bei ihm nicht mit der Tür ins Haus fallen. Auf alle Fälle sind wir wieder verabredet. Dann kann ich bestimmt weitere Informationen bei einigen Bier aus ihm heraus locken, ohne dass es zu auffällig wird."

„Na und was soll das bringen?"

„Außerdem habe ich eine Übersicht über die Blöcke erstellt."

„Sie sollten sich doch auf den Festplatz konzentrieren. Die Blöcke helfen uns nicht weiter. Vielleicht Ihnen, für Ihre Arbeit, aber vergessen Sie die eigentliche Aufgabe nicht. Wir haben doch eine klare Vereinbarung. Wir haben nicht mehr viel Zeit!"

„Ja, schon klar Frau Glotz, ich habe das nicht vergessen."

„Noch mal zum Festplatz: Da ist doch auch was unten drunter."

Sie wusste anscheinend ziemlich gut Bescheid und gab ihr Wissen nur stückchenweise preis.

„Ja, ich habe sogar schon die Einstiege in die Unterwelt gesehen. Da geh ich auch noch ran."

„Nicht dran, Sie müssen da rein!"

„Die Einstiege sind so verschlossen worden, dass es nicht so einfach geht. Aber ich habe schon eine Idee, wie ich da vorankomme", schob ich schnell nach.

„Genau diese Spur sollten Sie verfolgen und nicht sinnlos Zeit mit irgendwelchen Leuten verbringen. Dieser ehemalige Angestellte hilft doch nicht weiter. Besser, Sie gehen da nicht mehr hin."

Warum wollte sie nicht, dass ich mich noch einmal mit Toni treffe?

„Ich hoffe, bei unserem nächsten Gespräch etwas Positives zu erfahren, Herr Propars."

So endete ein merkwürdiges Telefonat und ich machte mir so einige Gedanken.

Erst nach und nach fand ich in der Jugendherberge die Zeit, mich etwas mehr mit diesem fertig sanierten Teil der Anlage zu beschäftigen. Hätte das KdF-Bad so ausgesehen, wenn es jemals nach dem ursprünglichen Konzept zu Ende gebaut worden wäre? Eine wesentliche Abweichung war mir ja am ersten Tag sofort aufgefallen. Der Zugang zum Gebäudeteil war durch eine Freitreppe ins erste Obergeschoss umgesetzt worden. Seit 1994 stand die gesamte Anlage unter Denkmalschutz. Wahrscheinlich wurde hier ein Kompromiss gesucht und genehmigt, da mit der geförderten Baumaßnahme nur drei Treppenhäuser und drei Bettenhäuser saniert wurden. Links und rechts der Rezeption entfaltete sich ein klares Merkmal des KdF-Konzepts deutlich. Die Rue Intérieure ist tatsächlich entstanden, wenn auch nur über einen Bruchteil der ursprünglich geplanten Länge. Diese Wandelgänge innerhalb der nördlichen und südlichen vier Blöcke wären gemäß der Planung jeweils über die gesamte Länge, d.h. über 2,2 km durchgängig begehbar gewesen. Hier im ersten Stock mit der größeren Tiefe des Bauwerkes von 9 bis 10,5 Meter (je nach Quelle) lässt sich die Grundidee trotzdem erkennen. Auch bei schlechtem Wetter sollten die Urlauber von ihren Zimmern trockenen Fußes bis in die Liegehallen und sogar durch die zwischen den Blöcken konzipierten Gemeinschaftshäuser zu den Mahlzeiten, letztlich bis hin zum zentralen Festplatz gelangen.

Die nördliche Seite des Flures im 1. OG der JHB mit der Rue Intérieure.

Der Schnitt und die Gestaltung der Zimmer stellten den nächsten markanten Punkt in der Umnutzung dar. Laut ursprünglicher Planung wären alle Zimmer mit einer Fensterbreite, also 2,25 m bis 2,5 m und 4,75 bis 5,0 m in der Tiefe gebaut worden (je nach Literatur-Quelle). Nun in der Jugendherberge waren die meisten Zimmer doppelt so breit, umfassten also zwei Fenster auf der Seeseite. Die Tiefe der Zimmer wurde beibehalten, sodass fast quadratische Räume entstanden, die mit Doppelstockbetten links und rechts sowie einem Tisch in der Mitte möbliert worden sind. Im vorderen Teil, zum landseitigen Flur hin, blieb dann noch genügend Platz, um alle Zimmer mit einer eigenen Toilette und Dusche auszustatten. Ging man im Ursprungskonzept von einer für damalige Verhältnisse hochmodernen Waschecke mit fließend warmem Wasser aus, wurde hier ein neuer, fast hotelartiger Standard gesetzt.

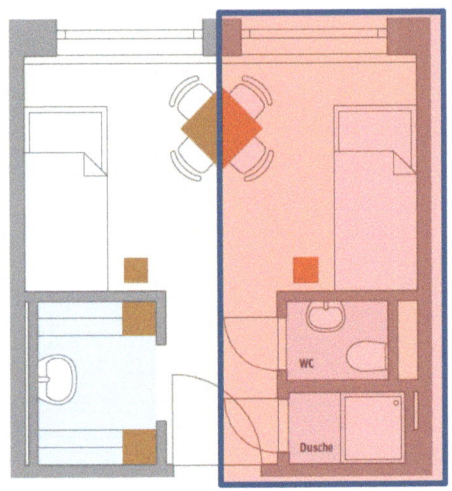

Größenvergleich des Standard-Zimmers in der JHB und dem KdF-Zimmer (rot hinterlegt).

Animation des Größenvergleichs, Kdf-Zimmer in s/w halbtransparent über der JHB-Zimmer gelegt.

Viele weitere Details fielen mir auf: Die Zimmerdecken wurden, wie schon damals angedacht, in ihrer Betonstruktur ohne Verputz belassen, sodass sogar die Holzmaserung der

Schalbretter noch heute deutlich zu erkennen sind. Die runden Stützen sind ebenfalls besonders deutlich im Wandelgang, der Rue Intérieure, in ihrer ursprünglichen Form erhalten geblieben. Bei einer meiner täglichen Aufgaben, das sogenannte Außenrevier auf der Seeseite des Blockes zu säubern, betrachtete ich lange die hier neu entstandene Fassade. Eine komplett gleichförmige Gliederung durch einheitlich große Fenster ist entstanden, eine Lochfassade. Der Putz entspricht wohl annährend der Planung, hell, hier fast weiß wie in der Bäderarchitektur. Keine Balkone oder andere architektonischen Auflockerungen vermindern den Eindruck einer Mietskaserne. Die tiefgezogenen Brüstungen der Fenster mit Schutzgeländer innen lassen ebenfalls die ursprüngliche Planung erkennen. Erst die Liegehalle in noch unsanierten Zustand durchbricht diese Eintönigkeit.

Die seeseitige Fassade der Jugendherberge vermittelt einen Eindruck der denkbaren KdF-Planung.

Gleich vorn bei der Kantine ging ein Fenster auf.
„Hallo Peter, was machst du denn da?"
Es war Sabine. Sie arbeitete in der Cafeteria. Soviel wusste ich schon.
„Ich schaue nur mal, wie es so geworden ist. Hier auf der Seeseite war ich noch gar nicht." Schaute sie nach mir oder nach dem, was ich hier machte? Eigentlich eine Nette, dachte ich diesem Augenblick, nicht mehr.
„Bei mir warst du noch gar nicht", gab sie zurück. „Hier in der Küche brauche ich Dich doch", noch doppeldeutig lachend dazu.
Als Unterstützung in der Küche war ich bis dahin tatsächlich noch nicht eingeplant worden.
„Mal sehen, vielleicht klappt es ja mal, wenn ich eingeteilt werden sollte."
Und augenscheinlich, wie von Zauberhand, wurde in den nächsten Wochen immer wieder nach meiner Hilfe aus der Cafeteria in Richtung Herbergsleitung gerufen. So kam es, dass ich nun häufiger mit Sabine zusammenarbeitete.
Und merkwürdigerweise lernten wir uns wirklich noch näher kennen. Aber das war erst viel später.

Die Jugendherberge hielt zur Veranschaulichung ein nettes Souvenir für die Gäste bereit. Auf einem Bastelbogen stand „Bau dir die längste Jugendherberge der Welt". Spielerisch konnten laut Bastelanleitung endlos viele Blöcke aneinander gereiht werden. Ich nahm mir, auch als Erinnerung, einen solchen Bogen mit und fortan zierte das Ergebnis meiner Bastelarbeit den Nachttisch in meinem Zimmer.

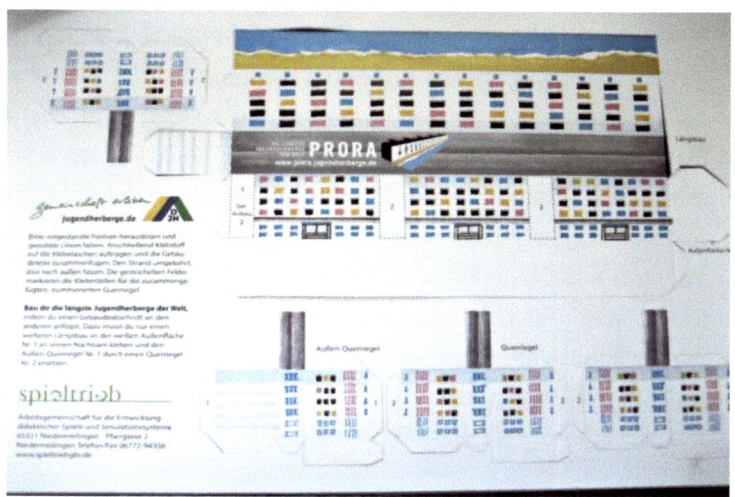

Der von der JHB herausgegebene Bastelbogen zur „Längsten Jugendherberge der Welt".

Konnten diese Ansichten des ersten kleinen, sanierten Teils der Anlage tatsächlich einen Gesamteindruck wiedergeben? Ein viel diskutiertes Thema. In der Presse hier ging es insbesondere um die Frage, ob die Jugendherberge in der

Umsetzung nicht zu nahe am KdF-Konzept gebaut wurde. Bis hin zu den Lampen der Außenbeleuchtung wurde hinterfragt, ob jetzt hier das richtige Signal an die zumeist jugendlichen Besucher gesetzt wird. Ich konnte bei den vielen Gesprächen mit den Gästen dazu überhaupt keine Befindlichkeiten feststellen. Es war den meisten Urlaubern ziemlich egal, viele kannten nicht einmal die Geschichte des Gebäudes, sondern waren vielmehr hier, um für den kleinen Geldbeutel ein paar Tage Urlaub an einer der schönsten Strände der Insel zu genießen. Auffällig viele Familien hatten in der Jugendherberge ein preisgünstiges Quartier gefunden.

Für die Doktorarbeit hatte ich natürlich schon lange vorgearbeitet und die Unterlagen mit hierher genommen. Jetzt versuchte ich von Zeit zu Zeit eine Verbindung zu dem heutigen realen Bild herzustellen. Klar, es könnte sein, dass nach dem Fund des Grundsteins alles in einem neuen Licht zu betrachten wäre. Trotzdem war das solide Studium der existierenden Fachliteratur und die architekturgeschichtliche Einordnung als Rahmen meiner Arbeit erforderlich und konnte hier und da weiterhelfen.

‚Das KdF-Bad Prora- Eine zeitgenössische Stahlbeton-Architektur, die durch ihre geplante Funktion bestimmt wurde'.

So stand für mich der vorläufige Arbeitstitel fest. Doch diese These musste durch wissenschaftliche Methodik untermauert werden. Fast übereinstimmend wurde in der Literatur beschrieben, dass sich die in der Nazizeit entstandenen Entwürfe und Bauten einer strengen Hierarchie unterzuordnen hatten. Es galt ein programmatischer Eklektizismus als verordnet. An oberster Stelle standen die zur Repräsentation gedachten Partei-, Staats- und Kultgebäude. Sie wurden klassizistisch und/oder ‚modernistisch' konzipiert, also im sogenannten Neoklassizismus. Die entsprechenden Gebäude sind noch heute teilweise vorhanden und werden genutzt. Dazu gehörte das KdF-Bad Prora eindeutig nicht. Für den Siedlungsbau wiederum sind der Heimatsstil und der Traditionalismus eingesetzt worden. Hier zeichneten sich auch die Einflüsse des Kleinbürgertums ab. Steile und große Dächer gelten als ein wesentliches Merkmal (siehe Gefolgschaftshäuser und Wohnhäuser entlang der Poststrasse). Und dann erst, eigentlich auf der untersten Stufe dieser Rangfolge folgten im Stil der Moderne die Industrie- und Sportbauten. Kubus-förmige Bauwerke mit Flachdächern. Prora als Urlaubs- und Freizeitbau war zunächst wohl hier einzuordnen. Alle Urlauber sollten Industrie- und Landarbeiter sein. Als einer der markantesten Vergleiche würde ich in meiner Arbeit kurz auf die KdF-Wagen-Werke in Wolfsburg eingehen.

Wolfsburg, das KdF-Werk im Bau. In der Grundgliederung sehr ähnlich mit den Treppenhäusern des KdF-Bades Prora und sogar fast zum Verwechseln ähnlich.

Und nicht zuletzt bestand für das 1.KdF-Bad der klare Auftrag, eine Urlaubsmaschine zu konzipieren, die auch zu funktionieren hatte. Dazu noch die klare Vorgabe: Alle Zimmer müssen mit Meerblick entworfen werden. (Und damals gab es noch nicht die Möglichkeit, einfach von einem seitlichen Meerblick zu sprechen, der erst viel später „erfunden" wurde.) Jeder Entwurf zum KdF-Bad musste diesen Vorgaben Rechnung tragen und damit zugleich der ungünstigen Situation, keinen Beherbergungsraum auf die Landseite planen zu können/dürfen. Für jeden Architekten bestimmt keine beneidenswerte Aufgabe. Viel Fläche geht so von vornherein verloren. Einzig die Länge des Grundstücks hinter den Dünen half dabei, nicht noch mehr als sechs Geschosse vorsehen zu müssen. Das Erdgeschoss ging noch zusätzlich als Fläche verloren. Für damalige Verhältnisse war das Konzept ohnehin schon ein Hochhaus und das musste im „Treibsand" der Proraer Landzunge errichtet werden. Natürlich für die „Ewigkeit". Eine vorhandene Literaturquelle sagte aus, dass eine Generalsanierung erst nach ca. 100 Jahren vorgesehen war. Eine interessante historische Parallele, nach nunmehr rund 75 Jahren hatten die ersten Rück- und Ausbauten begonnen. Die notwendige Funktionalität gebührte noch einer gesonderten Betrachtung. Nach und nach wurde für mich ein „Bild" auf den Architekten Glotz sichtbar. Er hatte seinen eigenen architektonischen Stil entwickelt, um all diese Prämissen des gigantischen Projektes umsetzen zu können. Ein Stil gemäß Aufgabe und Zweck! Verbunden hatte er dabei Elemente der Moderne in Kombination mit einigen lokalen Stilmitteln.

Was hieß das in Konsequenzen und verwendeten Elementen der Architektur?

Also erstens: Schiffartig abgerundete Stirnfronten der seeseitigen Gemeinschaftshäuser sowie Kopfbauten der landseitigen Festplatz-Randbebauung. Viele sehen hier die Vorgabe umgesetzt, an die KdF-Schiffe zu erinnern.

Die landseitige Gestaltung der Festplatz-Randbebauung (geplant für Kleinkunstbühne und Kaffeehaus) erinnert stark an ein Schiff am Anlieger.

Anders interpretiert braucht man nur das seeseitige Ensemble vor dem Kurhaus Binz betrachten. Sind hier nicht schon die Vorbilder des lokalen Stils in Form der links- und rechtseitigen Wandelgänge zu finden? Von der Strandseite werden sie genau wie das mittige Musikpavillon durch einen massiven Vorbau gegen Sturm und Hochwasser geschützt. Wurde hier eine ‚Anleihe' bzw. Inspiration genommen? Selbst der zentral positionierte Pavillon findet sich in den später von Glotz umgearbeiteten Plänen wieder. Nach dem Wegfall der riesigen Festhalle auf dem Mittelstück im KdF-Bad ergaben sich neue Möglichkeiten, anstelle dieses „Fremdkörper" Arkaden und Wandelgänge zu gestalten.

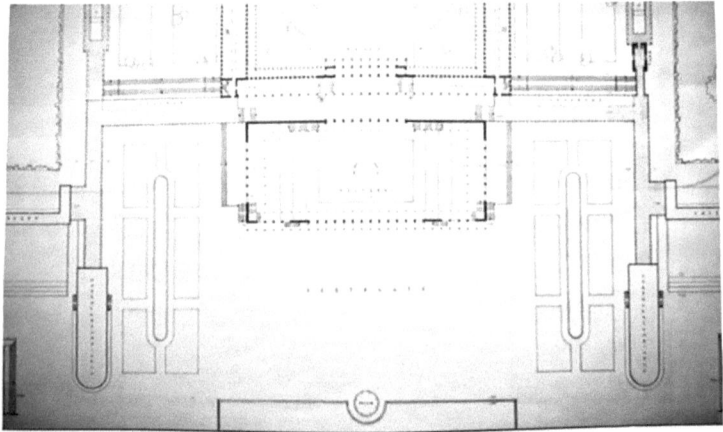

Eine der wenigen erhaltenen Zeichnungen, hier des geplanten Festplatzes in Prora mit den schiffsbugartigen Gemeinschaftshäusern und dem zentralen Pavillon.

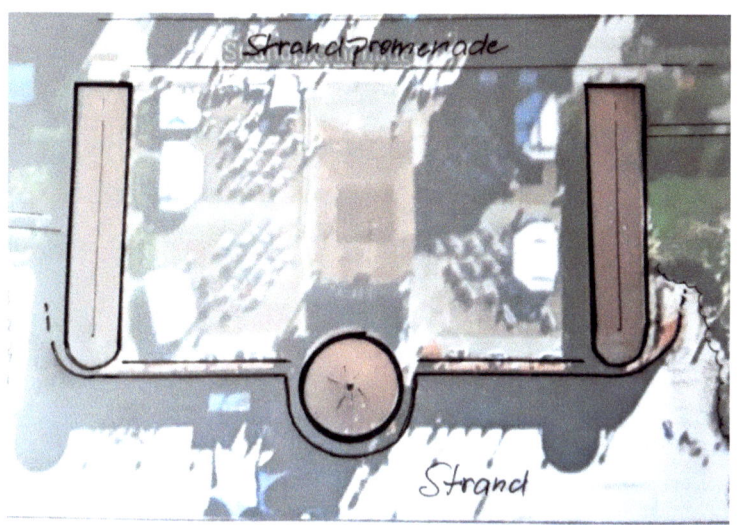

Im Vergleich: Der Kurplatz vor dem Kurhaus Binz (entstand wesentlich früher, Eröffnung 1890) mit den fast identisch angeordneten Komponenten.

Seeseitig sind die flachen Walm-Dächer und langen Fensterfronten besonders deutlich sichtbar.

Also als zweite Konsequenz: Flache Dächer, die später in leicht geneigte Walmdächer geändert werden mussten. Auch hier

eine Analogie zu den Dächern der Wandelgänge am Binzer Kurhaus.
Also drittens: Runde Fenster wurden immer wieder als Stilelement eingesetzt. Handelte es sich hier um Schiffsbullaugen oder eine Auflockerung der Fassadenfronten? Lange Fensterbänder und viel Glas waren vorgesehen. Hier hätte bestimmt insbesondere die seesteige Front der Gemeinschaftshäuser beeindruckt.
Also viertens: Auskragende Terrassen, wie sie heute an der Landseite der südlichen Festplatzbebauung (Dach der heutigen Disco) noch zu sehen sind. Krag-Dächer auch in Form von kleinen Schleppdächern finden sich in der Planung und auch für den heutigen Betrachter immer wieder.
Also fünftens: Risalit-förmige Ausbildung der Liegehallen. Diese Vorsprünge waren zweimal pro Block, als Fassadengliederung und Auflockerung der seeseitig sonst auf fast 500 Meter monoton wirkenden Blöcke, konzipiert worden.
Also fünftens: 110 Meter lange Gemeinschaftshäuser im rechten Winkel gesetzt, die auch noch weit über die Flucht der Treppenhäuser in die Landseite ragten. Hier nur vier Geschosse hoch, bildeten sie eine Art Begrenzung der Sichtachse des Betrachters.
Also siebentens: Einseitig kammartig konzipierte Baukörper, die an verschiedene Industrie- und Verwaltungsbauten der damaligen Zeit erinnern. Hier in Prora ist außerdem die Gebäudedimension mit ca. 7 Meter ab dem 3. Geschoss bzw. 9-10,5 Meter Tiefe in den beiden untersten Stockwerken auf das mögliche Minimum ausgelegt.
Die an der Kaianlage links und rechts geplanten Bootsstege oder Seebrücken sollten eine klare Verbindung zu den KdF-Schiffen herstellen. An der 800 Meter langen Landungsbrücke hätten sie anlegen können. Die Fundamente sollen dort noch

heute in der Ostsee zu finden sein. In der Bauphase gab es zudem schon einen Vorläufer zur Entladung von Baumaterialien. Dazu wurden angeblich bereits umfangreiche Ausbaggerarbeiten vor der Kaianlage durchgeführt. Warum? Wenn dort KdF-Schiffe mit entsprechendem Tiefgang anlegen können sollten, wäre eine Verlängerung der Fahrrinne bis unter die Kaimauer kein Problem mehr gewesen. (Mir ging der Gedanke an die übersteigerte Massivität der Konstruktion nicht mehr aus dem Kopf).

Fast wäre man geneigt, bezogen auf das „große Ganze" von einer Schmucklosigkeit des Gebäudekomplexes zu schreiben.

In meinem Summary der Doktorarbeit wollte ich dann auch zu einem Freizeitbau, der durch Funktionalität und Rationalität geprägt wurde, zusammenfassen. Ein Zweckbau mit Anleihen aus den damals diskutierten „Idealstadt-Entwürfen" verschiedener Architekten. Viel Licht, Luft, Natur und natürlich Wasser als zentrales Element der Lage kamen dazu.

Die vielfach kritisierte Umsetzung eines Massentourismus muss zumindest zum Teil relativiert werden. Der Eindruck eines unendlich langen Blockes wurde durch die konkave Ausbildung des Baukörpers so unterdrückt, dass die Front der Treppenhäuser langsam aus der Sichtachse verschwindet. Die Gemeinschaftshäuser bilden zudem landseitig und auch zum Strand eine natürliche Abgrenzung des Nahbereiches der Urlauber.

Wodurch wurde nun die Form des Baukörpers primär bestimmt? Durch das Grundstück? Durch die Vorgabe der Funktion und des Mengengerüstes an Urlaubern? Durch den Dünensand, der zu einer Lösung in Form des leicht gebogenen Bauwerks geführt hat? Eine interessante und zentrale Frage, die es zu beantworten galt.

Eine weitere Betrachtungsebene musste eher von der technischen Seite erfolgen:
Eine monolithische Stahlbetonkonstruktion, d.h. eine damals bereits bekannte Mischbauweise, die zwischen den tragenden Stahlbeton eine Ausfacherung mit Mauerwerk setzt. Dieser Skelettbau erfreute sich immer größerer Beliebtheit und die Stabilität wurde hier in Prora noch durch eine „Geheim-Mischung" des verwendeten Stahls erhöht. Die Unterlagen zu dieser Legierung sollen bis heute beim Hersteller nicht wieder aufgefunden worden sein. Viele Besucher haben schon mit Eisenfeilen an den aus dem Beton ragenden Enden, z.b. bei der südlichen Festplatzbebauung, zu ergründen versucht, wie weit der Rost vorgedrungen ist. Die allgemeine Erkenntnis: Nur an der Oberfläche hat sich der Rost wie eine oxidierte Schutzschicht auf den Stahl gelegt, darunter blitzt die „Unvergänglichkeit". Die Fassaden sollten nach heutigen Erkenntnissen verputzt werden. Eine gute Lösung, denn der zu DDR-Zeiten realisierte Rau-Putz weist bis heute keinen Algenbesatz aus, ganz im Gegenteil zu den vielen weiß gestrichenen Häusern der Bäderarchitektur, z.B. in Binz.

Ein ganz wesentlicher Einflussfaktor auf die technischen Umsetzungen war die Zeit. Der Eröffnungstermin wurde ja schon vorher propagiert und so mussten stets schnelle Lösungen her, die vor Ort ohne andere Zulieferer umzusetzen waren. Fast erscheint es heute so, dass teilweise je nach Vorhandensein von Material weitergebaut worden ist. So wurden teilweise Wände, sie eigentlich ausgemauert gehörten, an manchen Stellen einfach aus Beton gegossen.

An den Giebeln ist die Kombination des Einsatzes von Baumaterialien besonders deutlich zu erkennen.

Dagegen heute nicht mehr sichtbar, aber bautechnisch am bemerkenswertesten, musste ich das Fundament würdigen. Toni hatte es mir auf seine Art populärwissenschaftlich erläutert. Fakt ist, die Verarbeitung in einem Stück über die gesamte Länge kann nur als ingenieurtechnische Meisterleistung bezeichnet werden. Mit dieser „Anleihe" aus dem Schiffsbau erst war der schnelle Bau im Sand mit der notwendigen Standfestigkeit möglich. Auch nach fast hundert Jahren ist keinerlei Neigung der Blöcke in die eine oder andere Richtung nachzuweisen. Die Säulen der Liegehallen führen uns abermals die Verbindung von Architektur und technischer Lösung vor Augen. Eine komplett selbsttragende Konstruktion mit einer enorm hohen Festigkeit, wie die „Ergebnisse" der Sprengübungen am Block VIII deutlich machen.

Die NVA-Einheiten führten immer wieder Sprengübungen an dem als Ruine erhalten gebliebenen Block VIII durch. Der Beton einer runden Stütze wurde weggesprengt – der Stahl hält die Konstruktion.

Und der Architekt hatte einige schwerwiegende Eingriffe schnell zu verarbeiten:

Da war zunächst die gewonnene Ausschreibung, aber auch der Eingriff an der zentralsten Stelle. Eine „nicht passende" Festhalle eines anderen Architekten (Erich von Putlitz) musste integriert werden. Diese orientierte sich deutlich in Richtung Neoklassizismus, monumental klassizistisch, gemäß Vorgabe der genannten Architektur-Hierarchie eine logische Konsequenz. An den Randbebauungen des Festplatzes bestand der Zwang, einen „Übergang" der Stile zu finden. Glotz löste diese Herausforderung, wohl eher halbherzig aus heutiger

Betrachtung, durch die noch heute sichtbaren Säulen der erhaltenen südlichen Empfangshalle. Kapitelle mit einem Blättermotiv nach altägyptischem Vorbild und die Verkleidung dieses Gebäudeteils mit hochwertigen Werksteinplatten stellten einen klaren Widerspruch zu den sonst schlichten, nur mit Rauputz zu versehenden Blöcken dar.

Detailansicht der scheinbar als Probestück fertiggestellten Säulen an der südlichen Empfangshalle.

Vielleicht hatte Glotz schon darauf spekuliert, dass die riesige Festhalle für insgesamt 20.000 Urlauber (20.000 Sitzplätze waren gefordert) irgendwann dem Rotstift zum Opfer fallen würde. Ab 1939 spielte sie dann, scheinbar aus Kostengründen tatsächlich keine Rolle mehr und der zentrale Platz wurde ohne Halle neu konzipiert.

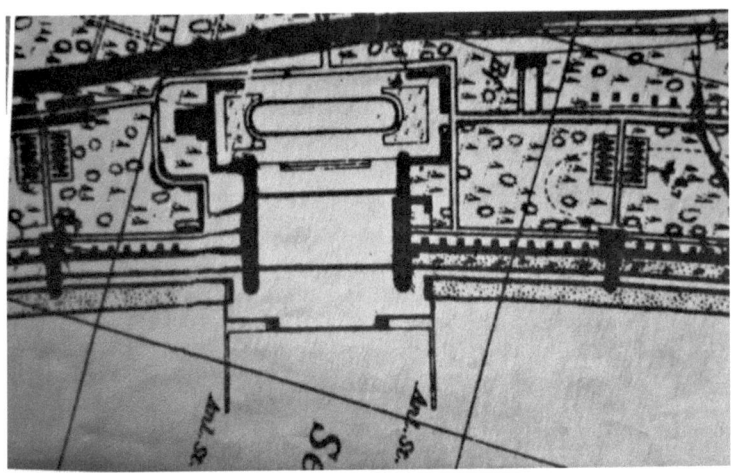

Eine der wenigen erhalten gebliebenen Zeichnungen, hier nach Wegfall der riesigen Festhalle.

Der Portikus zur großen Empfangshalle als Ganzes ist eher von Sachlichkeit und Funktionalität geprägt. An dieser Stelle sollten die Urlauber nach dem Ankunft „einchecken", jeweils für alle südlichen bzw. nördlichen Blöcke. Auch hier bietet sich ein Vergleich mit ähnlichen Bauwerken an. Fast zum Verwechseln ähnliche Architektur-Elemente lassen sich gleich mehrfach als Vergleich heranziehen.

Die südliche, unvollendete Empfangshalle am Festplatz.

Der Portikus vor einem UFA-Studio in Potsdam-Babelsberg.

Ein zweiter Eingriff in den Glotz'schen Entwurf ist dokumentiert worden: Die ursprünglich geplanten Flachdächer mussten geändert werden. Aus dem Siedlungsstil wurde hier ein Stilelement gefordert. Die Dächer erhielten eine Neigung und eine Ausformung als Walmdächer. Wahrscheinlich erst zu einem späten Zeitpunkt sind daher die gerade einmal mit 15 Grad geneigten Dachkonstruktionen entstanden, der Schnelligkeit wegen gleich aus schlichten und dünnen

Stahlbeton gegossen. Aber nicht als vorgefertigte Bauelemente, sondern vor Ort eingeschalt. Die Maserungen der Bretter sind auch an diesen Stellen heute noch deutlich zu erkennen. Aus der normalen Sichtachse des Betrachters/Urlaubers, der auf der landseitigen Straße unterwegs ist, sind diese Dächer kaum als solche zu erkennen. Die in Teilplänen erkennbare Idee, den Winkel einseitig steiler anzusetzen, wurde in der Ausführung aber auf symmetrische Schenkel geändert.

Ein dritter Eingriff scheint im Laufe der Zeit immer wesentlicher geworden zu sein: Um Baumaterial und auch Bauarbeiter zugeteilt zu bekommen, wurde von den Projekten in den späten 1930er Jahren immer stärker der Nachweis einer „Kriegswichtigkeit" eingefordert bzw. eine mögliche „Zweitverwendung" im Kriegsfalle. Nichts lag scheinbar näher, als das Objekt für ein Lazarett vorzusehen.

„In einem Vortrag Leys machte dieser auf Hitlers Wunsch aufmerksam, dass das Seebad so gebaut werden solle, „dass man das Ganze im Falle eines Krieges auch als Lazarett verwenden kann"'.

So scheint es in der Rückwärtsbetrachtung konsequent, dass schon die Betten in den Musterzimmern als „Typ" Krankenhausbett zu erkennen sind. Die Fahrstühle hatten im Sinne des Größen-Fortpflanzungsgesetzes genau die Ausmaße für den Transport von zwei dieser Betten. Auch die breiten und durchgehenden Flure machten auf einmal doppelt Sinn. Von hier aus konnten die in den Gemeinschaftshäusern angedachten Operationssäle erreicht werden. Von den einzigen OP's mit Seeblick ist in der Literatur die Rede. Die Fundamente unter den Gemeinschaftshäusern wurden mit

Stahlbeton so massiv aufgebaut, dass sogar von speziell geplanten Luftschutzräumen ausgegangen werden kann. Wie nun war als dies umzusetzen, ohne den wohl ehrlichen Anspruch eines Erholungsobjektes zu verlieren?

Betrachtet man die eingereichten Entwürfe der anderen Architekten (damals war jeweils auch ein Modellbau üblich) unter diesen heute bekannten Prämissen, kann man nur zu einer Erkenntnis kommen: Glotz hätte auch bei normalen Verlauf der Ausschreibung gewonnen. Er hatte einfach die beste Lösung eingereicht. Durch einen Vergleich der wesentlichen Elemente sollte dieser Nachweis in meiner Doktorarbeit angetreten werden.

Wie funktional und technisch beständig andere, auch aus dieser Zeit stammenden Bauten sein können, würde ich in meiner Arbeit insbesondere an Hand des heutigen Bundesfinanz-Ministeriums, davor Haus der Ministerien in der DDR und davor das Reichsluftfahrtministerium von Göring nachweisen wollen.

Im Hinblick auf die geplante Funktion des Gebäudekomplexes und der damit verbundenen Propaganda gab es eine zentrale Aussage: 10.000 Zimmer mit Meerblick für 20.000 Urlauber. So wie diese gigantische Zahl in allem, was man über Prora liest, immer wieder zitiert und wiederholt wurde und wird, veranlasste sie mich zu einer einfachen „Milchmädchen-Rechnung". Die acht Blöcke hatten jeweils eine Länge von 500 Meter, sodass sich eine Hauptfront zur See von insgesamt 4.000 Meter ergeben hätte. Der einzelne Block bestand aus neun Bettenhäusern und zwei Liegehallen, wobei in letzteren keine Urlauberzimmer geplant waren. Die unterste Etage, also das Erdgeschoss, war ausschließlich für Funktionsräume wie Geschäfte, Lager, Kinderhort und Ähnliches vorgesehen. Es

verblieben also 9x45 Meter (Länge eines Bettenhauses) Fensterfront in fünf Geschossen. Weiter gerechnet ergaben sich daraus ca. 400 Meter pro Block multipliziert mit fünf Stockwerken also rund 2.000 Meter, an denen entlang die Zimmer aufgereiht werden konnten. Bei der geplanten Breite von 2,50 Meter pro Zimmer ergeben sich rund 800 Zimmer pro Block, also gut hochgerechnet über alle acht Blöcke eine Kapazität von 6.500 Zimmern bzw. 13.000 Urlaubern.
Ein Skandal!
Wurde das KDF- Bad von Beginn an schön gerechnet? Stand zuerst die Zahl von 20.000 als propagierte Vorgabe fest, ohne dass die konkrete Ausplanung überhaupt begonnen worden war? Selbst bei Nutzung des Erdgeschosses für Urlauberzimmer wäre die Vorgabe nicht zu erreichen gewesen. Die Breite der Zimmer war keinesfalls unter die schon dürftigen 2,50 Meter zu reduzieren. Zwischen den Einzelbetten, den Krankenhausbetten, blieb schon so nur ein schmaler Durchgang Richtung Fenster. Bemerkenswert aus heutiger Sicht, die Ausstattung mit einzelnen Betten in einem Urlaubsquartier für Ehepaare und Familien. Mit einer freien Höhe der Geschosse von ebenfalls nur 2,50 Meter erfolgte hier schon ein optischer Ausgleich durch die tiefe Brüstung der Fenster. Von außen durch Schutzgeländer ausgestattet, wäre so fast der Eindruck von französischen Balkonen entstanden (bei der JHB ist das auch so umgesetzt worden, die Schutzgeländer allerdings von innen gesetzt). Die Erlangung eines zusätzlichen Stockwerks durch Reduzierung der Deckenhöhe war also demnach definitiv ausgeschlossen. Bei der Betrachtung des bereits vorab in den 30er Jahren ausgestellten Musterzimmers wird in diesem Zusammenhang die Beschreibung mit zwei Betten und einem Schlafsofa, also einer Aufbettung, bedeutsam. Zusätzlich war von vornherein

die Möglichkeit von Zimmerpaaren vorgesehen, eine seitliche Durchgangstür führte in ein nebenliegendes Kinderzimmer mit Dreierbelegung. Nur über diese Rechentricks wäre es möglich gewesen, die scheinbar unumstößliche Vorgabe einzuhalten. Oder wurde von vorn herein darauf spekuliert, dass sich die anonymen 20.000 Urlauber sowieso niemals hätten selber nachzählen können (ohne zentrale Festhalle dann ohnehin nicht mehr)? Wie sieht die Gegenrechnung an Hand der JHB aus? Drei Bettenhäuser mit 96 Zimmern und 424 Betten wurden eingerichtet. Ohne die noch nicht ausgebaute oberste Etage sind diese in derzeit vier Geschossen untergebracht, mit dem 6. OG könnten 530 Betten erreicht werden. Auf den gesamten Block also rund 1.600 Betten, damit in 8 Blöcken vielleicht maximal wieder die 13.000 Betten. Auch so kommt man bei diesen einfachen Rechnungen niemals auf annährend 20.000 Urlauber!

Wie knapp der Platz innerhalb des Gebäudes und dessen zur Verfügung stehenden Flächen tatsächlich wurde, wird auch bei der genaueren Betrachtung der Treppenhäuser deutlich. Eigentlich nur als Zugänge und für die Verteilung der Menschen auf die Etagen vorgesehen, weisen sie doch eine erstaunliche Länge auf, die auf den ersten Blick so gar nicht sichtbar wird. Knappe 20 Meter ragen sie auf der Landseite ins Hinterland. Zwei Treppenhäuser links und rechts eines Bettenhauses würden demnach um 90 Grad nach innen eingeklappt sogar die Gesamtbreite eines Bettenhauses oder einer Liegehalle ergeben. Nur so konnten Geschossflächen von ca. 150 m² realisiert werden, wobei knapp die Hälfte schon für das eigentliche Treppenhaus eingesetzt werden musste. Es verblieben pro Etage nur noch rund 70 m² für die Toiletten, Waschräume, gegebenenfalls Duschen, sowie den für einen solchen Ferien-Betrieb notwendigen Nebenräumen, insbesondere für Wäsche und Verbrauchsmaterialien. Für mich ein weiterer Beleg dafür, wie Glotz aus den verschiedensten Zwängen eine konkrete Lösung herausgearbeitet hatte, die aus heutiger Betrachtung wahrscheinlich sogar funktioniert hätte. Die Menschenmassen sollten sich ja außerdem nicht in erster Linie auf ihren Zimmern aufhalten und erholen, sondern in der Masse aufgehen bzw. untergehen. In den Sommermonaten stand dazu der breite Strand zur Verfügung, der in einer damals angestellten Rechnung mehr Quadratmeter pro Urlauber zur Verfügung gestellt hätte, als an so manchem Urlaubsort der heutigen Zeit. Für Schlechtwetterperioden bzw. Vor- und Nachsaison waren die Liegehallen, die Schwimmbäder und die Gemeinschaftshäuser vorgesehen. Alles in allem sind hier in Prora also bereits die Ansätze zur Umsetzung des erst nach dem Zweiten Weltkrieg einsetzenden Massentourismus vorempfunden, wie später geplante und umgesetzte Anlagen, zum Beispiel am Timmendorfer Strand oder auch im Ausland deutlich machen.

Frau Glotz hatte mir zwar abgeraten, oder hatte sie es mir verboten? Warum wollte sie eigentlich nicht, dass ich mich mit Toni treffe? Sie kannte ihn doch gar nicht. Natürlich machte ich mich trotzdem am nächsten Samstag, den ich zum Glück frei bekam, auf den Weg zu der kleinen Garagensiedlung. Vorher kaufte ich bei ‚Netto' in Binz das versprochene Bier. Zwei Sixpack ‚Hasseröder' erschienen mir angebracht. Als ich mich von hinten den Garagen näherte, sah ich nicht nur Toni, sondern schon eine kleine 2er Männerrunde zusammensitzen.

„Das ist Peter" stellte mich Toni kurz und knapp vor.

„Horst" kam als einzige Antwort aus dem Dritten heraus.

„Ich bin Peter", schob ich noch mal nach, „und hab neulich Toni hier hinten getroffen."

Horst saß einfach nur da, rauchte eine Zigarette nach der anderen, Selbstgedrehte, und schien völlig in sich zu ruhen. Wenn, dann gab er nur kurze Kommentare zu den Gesprächsthemen, um die es sich in solchen Runden immer dreht: Autos und Frauen (ihre Frauen). Der kleine Garten hier hinter den Garagen schien ihre Zufluchtsstätte, die kleine heile Welt zu sein. Toni begann dann das Gespräch in die „richtige" Richtung zu lenken:

„Und, schon weiter gekommen?"

„Womit meinst du?"

„Na mit der Beantwortung deiner Fragen. Du hast dich doch für alles hier interessiert."

Oh, dachte ich sofort, hat er mich schon bei unserem ersten Treffen durchschaut? Seine Augen blitzten und Horst schaute auch kurz auf.

„Ich habe Bier mitgebracht."

„Na, das ist auch besser so" war der kurze Kommentar von Horst.

Gleich machten sie sich über das erste Sixpack her. Mit der Erfahrung von unzähligen Flaschen öffnete Toni mit den Zähnen und Horst mit einem Zollstock. Dann schauten sie mich erwartungsvoll an. Zum Glück hatte ich mal gelernt, eine Bierflasche mit einer anderen (Kronkorken an Kronkorken) zu kappen. Sonst wäre ich wahrscheinlich schon an dieser Stelle als ‚Neuer' in der Runde unten durch gewesen. Es dauerte gar nicht lange, da tauchte der nächste auf.

„Ich bin Lutz."

Noch ein Garagennachbar im frühen Rentenalter. Und gleich stieg er mit Fragen in das Gespräch ein:

„Und du erforscht hier alles?"

„Nein, ich arbeite über den Sommer in der Jugendherberge und interessiere mich eben ein bisschen für die Geschichte von Prora. So wie wahrscheinlich jeder, der mal hier herkommt."

„Ach hör auf, jeder der kam, wollte was. Wen verschlägt es sonst schon zu uns, in unser 500-Seelen-Kaff."

Mir war in der kurzen Zeit auf der Insel und insbesondere in Prora schon von Anfang an aufgefallen, dass es sich um eine eingeschworene Gemeinschaft handelt. Dazu kam natürlich noch die nordisch herbe Mentalität und Verschlossenheit, mit der man erst mal klarkommen musste. Zum Glück drehte sich das Gespräch dann erst mal wieder um die neuesten Projekte mit den in den Garagen stehenden Autos und um die Alltagsthemen inclusive kleinen Streitereien mit Nachbarn und den Frauen. Ein paar Bier später, also schon beim zweiten Sixpack, wurde Lutz direkter und deutlicher:

„Wenn du hier irgendwas vorhast, mach es mit uns!"

Die Betonung lag auf ‚mit'. Hatte er mir gerade Hilfe angeboten oder war das eine versteckte Drohung?

„Also wir kennen uns hier aus, in jedem Winkel und wir kriegen auch alles mit, was so läuft."

Meine neuen „Freunde" hatten irgendetwas mitbekommen. Ich musste mir schnell etwas einfallen lassen.
„Na, ich habe angefangen, über meine Zeit hier oben auf Rügen, ein kleines Tagebuch zu führen. ‚Wanderungen durch die Prora' oder so. Also mit allem Drum und Dran, nicht nur direkt hier die Blöcke des KdF-Bades."
„Wir meinen ja nur", kam Toni wieder ins Gespräch, „wir kennen da schon den einen oder anderen."
„Auch ehemalige Verantwortliche aus der Kasernenzeit, Offiziere?"
An dem Gelächter konnte ich gleich erkennen, dass ich über das Ziel hinausgeschossen war.
„Ich dachte mir nur, die müssen ja auch irgendwo abgeblieben sein."
Die Frage kam nicht von ungefähr. Hatte ich doch schon viel über die Nachwendezeit und das Ende eines ganzen Offizierskorps gelesen. Diese Menschen konnten ja nicht alle verschwunden sein. Auf alle Fälle würden auch sie das ehemalige NVA-Objekt kennen, wie kaum ein anderer.
„Na da bist du bei uns hier falsch. Geh mal zur ‚Kantine' zum Mittagessen, dort wirst du bestimmt den einen oder anderen sehen."
„Siehst du schon, wer das ist" war der kurze Kommentar von Horst mit einem hämischen Lächeln und gleich darauf ein unschöner Raucherhusten-Anfall.
Danach wollte offenbar keiner mehr das Gespräch zu direkt über Prora-Themen führen. Erst ganz zum Schluss, ich war schon etwas benebelt von dem Bier (die anderen waren im Training), ging es noch mal in diese Richtung.
„Wir können doch zusammen mal was machen", schlug Lutz vor, „und nicht nur immer hier rumhängen."

„Ja" sagte Toni, „wir könnten mal wieder ein ‚Ruinen-Bier' trinken gehen."

„Eine Ruinen-Tour?" fragte ich wahrscheinlich wieder etwas blöd in die Runde.

„Na beides. Das haben wir früher auch schon gemacht. Einfach mit ein paar Bier irgendwo in einen Block einsteigen, ein bisschen blöd quatschen und dabei die Touri's aus dem Fenster beobachten. Macht Spaß, und manchmal entdeckt man noch das eine oder andere aus den alten Zeiten."

„Also ich bin dabei, wenn ich nicht gerade arbeiten muss."

„Wenn du Bier mitbringst", lautete der knappe Kommentar von Horst.

Und wieder mit einem fast verächtlichen Lachen.

Ich wollte mich aber nicht immer nur mit Bier in die Runde einkaufen. Deshalb machte ich schnell ein Gegenvorschlag.

„Nächstes Mal kauft ihr das Bier."

„Ja, und du bringst dann das Kompott mit?" Und wieder Gelächter.

„Kompott?"

„Na den Schnaps" versuchte Toni zu vermitteln.

„Ach ja, OK, verstehe. Und was trinkt ihr gerne so zum Bier?"

„Küstennebel", antworteten alle fast gleichzeitig.

„Lasst uns nicht diesen, sondern nächsten Sonntag treffen, so um zehn zur Frühschoppenzeit und dann ziehen wir einfach mal los."

„Alles klar", damit waren die nächste Verabredung und eventuell auch der nächste Schritt, vielleicht sogar mit neuen Erkenntnissen, gesichert.

In meiner Sache des ausländischen Offiziersschülers kam ich nicht so richtig voran. Aber manchmal kommt es anders und schneller als man denkt. Der Zufall, nicht der Fleiß half mir hier weiter. Zu meinem Lieblingscafé war ziemlich schnell das zweite „Café Horn" direkt vor Ort in Prora geworden. Hier im Block III (Block 2) ziemlich in der Mitte im Erdgeschoss des Treppenhauses vom Haus Aurum gab es seit kurzem ein gemütliches kleines Café, eigentlich ein kombiniertes Backwarengeschäft mit Kaffee und Kuchen, aber auch Bier und Bockwurst waren im Angebot. Dort kam es mir gleich so vor, dass sich an diesem Ort der allgemeine Treffpunkt der Bauleute, der Eigentümer von Ferienwohnungen und der Urlauber gebildet hatte. Hier traf sich alles.

Das berühmte Cafè „Bäckerei Horn" in Prora, Strandstrasse 36.

Und Heureka: Der Zufall oder auch das Glück des „tüchtigen" Stammgastes half mir dann weiter. Eines Tages, ich saß mal wieder hier und beobachtete die Spaziergänger auf der Landseite hinter den Blöcken. Da fiel mir schon von weitem ein Mann auf, der irgendwie passen könnte. Ein Vietnamese mit einer offensichtlich deutschen Frau. Und sie setzten sich an den

Nebentisch draußen auf der Terrasse. Wie sollte ich ihn am besten ansprechen? Nach kurzem Überlegen versuchte ich es so:

„Sind Sie der Inhaber eines der Textilgeschäfte in Binz? Ich bin dort schon oft vorbeigekommen, war aber noch nicht drinnen." Ich wusste, dass es mindestens zwei gibt, daher eine unverfängliche Frage aus meiner Sicht.

„Nein", antwortete er, „tut mir leid, da müssen Sie mich verwechseln."

„Oh, Entschuldigung."

„Macht ja nichts", sagte er. „Einige sind sowieso der Meinung, wir sehen alle gleich aus."

Ein merkwürdig gequältes Lächeln ging dabei über sein Gesicht.

„Das wollte ich nun wirklich nicht damit sagen."

„Macht wieder nichts", sagte er nochmal in der freundlichen asiatischen Art.

„Dann sind Sie hier im Urlaub?"

„Nein, auch nicht" antwortete er fast schon etwas genervt.

„OK, ich bin neu hier und arbeite weiter oben in der Jugendherberge, um mir im Sommer etwas Geld zu verdienen. Da spreche ich viele Leute an, einfach so, um Kontakt zu bekommen."

„Ja" sagte er „ich war auch einmal ganz neu hier und kannte niemanden. Ich kenne das Gefühl, obwohl, ich war bestimmt viel fremder."

So langsam kamen wir dann doch ins Gespräch. Seiner Frau schien das nicht sonderlich zu gefallen, aber ich nahm kurzerhand meinen Stuhl und drehte ihn zu ihrem Tisch ein und es dauerte nicht lange, da stellte ich meine Kaffeetasse auf den Tisch und wir konnten das Gespräch etwas leiser fortführen.

„Jetzt haben Sie mich aber doch etwas neugierig gemacht. Was hat Sie denn hierher verschlagen?"
„Haben Sie schon mal etwas von der Offiziershochschule für ausländische Kader zu DDR-Zeiten hier in Prora gehört?"
Ja - Nein, was sollte ich antworten?
Er gleich weiter: „Wahrscheinlich dann eher von der sogenannten Terroristen-Ausbildung, so nannten sie uns hier auf der Insel."
„Nein, davon auf alle Fälle nichts", schwindelte ich ein bisschen.
„Wann war denn das?"
„Ich kam 1988 aus Vietnam hier nach Prora, um eine Offiziersausbildung zu machen. Da gab es die Hochschule schon ein paar Jahre."
„Wie lief denn so ein Studium ab?"
„Na ganz anders als es sich die meisten vorstellen würden. Viel politische Ausbildung, natürlich erst mal Deutsch und dann jede Menge allgemeine Ausbildung von Dienstvorschriften in einer Armee usw., und geschossen haben wir manchmal natürlich auch."
„Und dann wart ihr die ganze Zeit dort im Gelände des Blockes V, also später Block 4, kaserniert, ohne jemals herauszukommen? Weil diese Offiziersausbildung geheim bleiben sollte?"
Hatte ich jetzt etwas gesagt, was ich eigentlich nicht wissen konnte? Unvorsichtig schoss mir durch den Kopf!
„Nein, eigentlich durften wir jeden Tag nach Dienstschluss das Objekt in Zivil verlassen. Aber wo sollte man hingehen, insbesondere im Winter war auf der Insel ja nichts los."
„Ja, zumindest davon habe ich schon gehört."
„Und bei der Bevölkerung, gerade hier in Binz, waren wir auch nicht besonders gern gesehen."

„Also hat man eine ganz falsche Vorstellung, wie eine solche Ausbildung ablief. Nichts mit Terroristen-Ausbildung und geheimen Sachen."

„Naja, manchmal gab es schon merkwürdige Aufgaben. Wir haben z.b. ‚ganz geheim' an so manchen Wochenenden auf privaten Baustellen der Offiziere mitgeholfen" lachte er.

„Das sollte so eine Art Bestrafung sein, weil die sonst bei der NVA üblichen Bestrafungen ja teilweise nicht möglich waren. Urlaubssperre zum Beispiel. Wie sollte ein Kurzurlaub nach Vietnam auch funktionieren" lachte er wieder.

„Und ein Offizier hatte dabei noch eine ganz besondere Idee entwickelt. Wir haben immer wieder ‚Schützengräben ausheben' geübt. Und das hier im Ostseesand, sodass sie nicht hielten."

„Hier am Strand?"

„Nein, hinter der Kaimauer, von uns auch ‚Klagemauer' genannt, im Mittelstück."

Jetzt musste ich versuchen, so nachzufragen, dass ich ohne dabei auffällig neugierig zu wirken, noch mehr über diese vielleicht interessanten Aktionen erfahren konnte.

„Das ist ja blöd, jeder weiß doch vom Sandburgenbauen, dass der trockene Ostseesand wie Puderzucker zerrinnt."

„Wir haben uns das manchmal auch gefragt. Dazu kam ja noch, dass dieser Offizier mit einem Rollmessband und Karte scheinbar eine Art Raster von diesem Riesengebiet zu erstellen versuchte. Als ob wir uns nach und nach dort durch graben sollten. Das Mittelstück war allerdings damals noch fast ohne Bäume. Zum Glück also keine Wurzeln."

„Ja und dann?"

„Besonders aufgeregt erschien der Offizier immer dann, wenn wir beim Graben auf etwas Hartes, auf Beton stießen. Sofort erschien er mit seinem Klemmbrett und machte sich Notizen."

Hochinteressant für mich! Hier hatte jemand Ende der achtziger Jahre einen Plan, auf dessen Basis er im Mittelstück eine Suchaktion durchführen ließ. Wonach sollte er hier gesucht haben? Es konnte sich nur um den Grundstein gehandelt haben. Die Offiziersschüler aus den fernen Ländern hatten dabei noch einen Riesenvorteil für ihn. Sie waren irgendwann wieder weg und nahmen die Kenntnisse der geheimen Grabungen für immer mit. Und das hatte ja auch gut geklappt, bis auf diesen einen, der hier geblieben war.
Wie sollte ich weiter fragen: Hat der Offizier damals privat nach irgendetwas gesucht? Oder hatte er einen Befehl dazu? Ich fragte lieber:
„Und, habt ihr denn was gefunden?"
„Nein, wir haben immer nur gebuddelt und wenn notwendig auch gleich wieder notdürftig zugeschüttet. Es sollte scheinbar nach den Wochenenden niemandem auffallen. Einmal sind wir, auch am Wochenende, im Keller unseres Blockes in Richtung Mittelstück gegangen, bis wir vor einer großen Stahltür standen. Er hatte merkwürdigerweise einen Schlüssel und verschwand alleine hinter dieser Tür im Dunkeln der Katakomben. Wir sollten nur Schmiere stehen. Ich wusste damals noch nicht einmal, was dieses deutsche Wort zu bedeuten hatte. Ein anderes Mal mussten wir einige schwere Betondeckel von den Einstiegsschächten im Mittelstück beiseiteschieben, damit er herunter konnte. Alles sehr merkwürdig. Ich habe mich nach der Wende auch schon manchmal gefragt, was das alles sollte."
So langsam erzählte er etwas viel! Wer würde gegenüber einem Fremden beim ersten Treffen so viel ausplaudern?
„Gibt es denn den Offizier noch, wurde er mal wieder gesehen?"
„Nein, der war gleich nach der Wende ganz schnell verschwunden."

So viele Informationen hätte ich aus diesem lockeren Gespräch auf keinen Fall erwartet. Jetzt musste ich versuchen, das Gespräch so zu beenden, dass es sich nicht nur um mein Interesse an den geheimen Aktivitäten zu drehen schien.

„Und warum sind Sie hiergeblieben?"
Jetzt machte seine Partnerin große Augen und legte sonderbare Gesichtszüge auf.

„Ich habe meine Frau kennengelernt. Nach der Wende brachen die offiziellen und auch die inoffiziellen Verträge zwischen der DDR und unserem sozialistischen Vietnam zusammen. In diesem ganzen Wirrwarr bin ich dann einfach hier bei meiner damaligen Freundin geblieben."

Seine Frau warf ihm einen merkwürdigen Blick zu.

„Vielmehr möchte ich eigentlich dazu nicht sagen. Wir müssen jetzt auch wieder los. Sie doch bestimmt auch! Heute ist Fußball, oder? Deutschland – Argentinien! Und wer gewinnt?"

„Wir natürlich! Und für wen sind Sie?"

„Deutschland", lachte er.

Und sie verabschiedeten sich nachdem ich noch sagen konnte, ‚den Kaffee bezahl ich'.

Notizen in mein kleines Schwarzes:
- Jemand hatte in den 80er Jahren intensiv nach dem Grundstein gesucht.
- Dieser Jemand war damals Offizier im Block V bei der Offiziershochschule und ist seit der Wende verschwunden.
- Ob er erfolgreich war, ist unklar.

Meine Person hat gleich gedacht, als die beiden zusammen saßen: Warum denkt er, jemand gibt an einen Unbekannten bereitwillig so viele Informationen aus seiner Vergangenheit preis. Schon hier hätte er stutzig werden müssen. Aber der Peter war erstmal froh, jemanden gefunden zu haben, der ihm eventuell weiterhelfen könnte. Es sollte dann auch nicht lange dauern, da wurde er eines besseren belehrt.

Gleich am kommenden Montag machte ich mich mittags auf in die Kantine an der Poststraße in Prora. Eine SB-Gaststätte, die „Kantine" heißt. Über dem Eingang der Schriftzug. Fast alles erinnert hier an die „alten Zeiten", an die DDR- und NVA-Kasernen-Zeiten.

Die Kantine in Prora mit einer Gulaschkanone vor der Tür.

Betritt man den Gastraum, fällt der Blick zuerst auf die Bilder an den Wänden. Rechts in der Mitte hängt Sigmund Jähn, der erste Deutsche im Weltraum. Er lächelt so nett vom Bild, der

Fliegerkosmonaut. Einen Witz hatte ich aus dieser Zeit auch schon gehört: ‚Es gibt eine neue Maßeinheit in der DDR – „1 Jähn". Das ist der Abstand von einem Plakat im Schaufenster bis zum nächsten'. Daraufhin hatte ich gegoogelt, 1978 war das. Auf die Schippe genommen wurde vom Volksmund der gigantische Aufwand der Propaganda-Kampagne. Alles wurde bepflastert mit den Plakaten. Und das Bild hier stammte bestimmt auch noch aus dieser Zeit. Der erste Deutsche im All, aus der DDR, nicht aus der BRD! Weiter hinten im Gastraum im Halbdunkeln Erich Honecker. Genauso ein Bild soll verordnet in allen offiziellen Räumen der DDR-Zeit gehangen haben. Auch er lächelt den Gästen mit einer Aufnahme aus seinen besten Jahren beim Essen zu. Zur Linken ein großes Gemälde, direkt auf die Wand gearbeitet. Eine Heile-Welt-Landschaft, nicht unbedingt Rügen. Ein Schäfer mit seinen Tieren und einer Magd in der Mitte. Rechts eine Dampfeisenbahn, vielleicht der Rasende Roland? Ein Weg gabelt sich nach links und rechts zu einem großen See oder Meer? Der Künstler hat uns leider keine Signatur hinterlassen. Gleich links hinter dem Eingang die Essenausgabe in Form einer Durchreiche, vielleicht 80 cm breit und gerademal 50 cm hoch. Dahinter verbirgt sich die Küche. An der hinteren Wand der Kochstube ein Spruch von Wilhelm Busch „Es wird mit Recht ein guter Braten gerechnet zu den guten Taten". Die Speisekarte ist mit einer Reißzwecke an den Holzrahmen der Durchreiche geheftet. Echte Hausmannskost wird hier angeboten – Essen wie in den alten guten DDR-Zeiten – hätte eine weitere Überschrift lauten können. Über der Essenausgabe und der Eingangstür sind noch einige Besonderheiten aus der NVA-Zeit zu entdecken. Eine Art Sammlung von großen Holztellern ist hier zu sehen. Mit gravierten Kupfer- und Messingornamenten verziert, weisen sie offensichtlich auf verschiedene Truppenteile der Armee hin. Sogenannte Ehrenteller, wie ich später erfuhr, die zu allen möglichen Anlässen verliehen wurden. Wie kleine Hinweise in die Vergangenheit oder verdeckte Botschaften für Insider? Für mich auf alle Fälle ein klares Indiz: Hier also, in dieser besonderen Atmosphäre muss man sie treffen, die alten Offiziere der NVA. Das war der Geheimtipp von meiner „Garagenrunde".

‚Jeden Tag wie selbstverständlich dort zum Mittagessen gehen und langsam gewöhnen sich so die Stammgäste an deinen Anblick und man kommt irgendwann langsam aber sicher ins Gespräch. Einmal begonnen, sollen sie gern und ausführlich über die alten Zeiten plaudern'.

So ungefähr der Rat und nun mein Plan. Nach den vielen Jahren fühlen sie sich vielleicht auch nicht mehr so stark als Geheimnisträger verpflichtet. Also folgte ich der Empfehlung und wurde, von nun an Wochentagen, neuer Stammgast. Von der Jugendherberge war es nicht weit und die Mittagspause nutzten auch die anderen Angestellten, sich irgendwo zu verabreden oder Besorgungen zu machen. Tatsächlich kamen pünktlich zu ihren Zeiten, zumeist als ältere Paare, auch einige der mittlerweile weißgrauen Männer, die durchaus als „Ehemalige" in Frage kommen konnten. Die Tischordnung des Gastraumes half dabei, sich nicht aufdrängen zu müssen. Rechts gegenüber der Essenausgabe ein sehr großer Tisch. Im weiteren Raum noch gerade drei 6er Tische, dahinter eine Bücherecke mit einem Angebot, wie aus Hauhaltsauflösen, leider mit den wenigsten Bücher aus der Zeit, die mich interessierte (keine alte Prora-Lieteratur). So blieb es nicht aus, dass ich immer schon sehr rechtzeitig an Ort und Stelle war und mich an einen der noch freien Tische setzte. Die Kantine füllte sich schnell gleich nach der Öffnung. Kurze Zeit später die ersten Fragen: ‚Ist hier noch frei'? – ‚Ja, bitte'. Dann erstmal wortloses Essen. Woran erkennt man einen Offizier 25 Jahre später? „Intern" hatte ich eine grobe Alterskalkulation nach einigen Google-Suchen vorgenommen. Gleich mit 18 begannen die 25 Jahre Dienstzeit, d.h. mit dreiundvierzig ging der NVA-Offizier bereits in Pension. Meine Zielpersonen sollte möglichst lange in Prora stationiert gewesen sein, also optimaler Weise ihre Dienstzeit um die Wende herum beendet haben. Daraus ergab sich ein Zielalter um die siebzig Jahre. Und das Aussehen? Erkennt man einen ehemaligen NVA-Offizier am Verhalten? Meine Theorie: Pünktlich auch beim täglichen Mittagessen. Knappe kurze Sätze, wenn überhaupt. Diszipliniert bis zur Geschirrrückgabe in der Kantine. Die Reste vom Teller selbständig in die dafür aufgestellte Specki-Tonne in Form eines Emaille-Eimers schütten, ggf. mit dem Besteck nochmals die Speisereste ordentlich abstreichen. Dann den Teller auf den bereits vorhandenen Stapel und das Besteck in einem mit Spülwasser befüllten Behälter. So waren meine Vorstellungen, und das traf auf viele Gäste dieser Kantine zu.

Für meine Zusammenfassung der letzten Eindrücke und Erkenntnisse notierte ich am frühen Abend:
- Das Suchgebiet am Festplatz ist viel zu groß. Kann die Oberflächenstruktur helfen?
- Toni und seine Freunde hatten irgendein Eigeninteresse und wussten mehr als sie sagten.
- Frau Glotz reagierte merkwürdig auf Toni.
- Lohnt es, den ehemaligen Offiziersschüler aus Block V nochmal ohne seine Frau zu fragen?

- Die Spur aus der Kantine, ehemaliger Offizier, ist noch undeutlich, ob sie ergiebig werden könnte, ist unklar. Status: „Weiterbeobachten" hatte ich noch dahinter geschrieben.

Denn es war wieder ein Montag. Das wöchentliche Telefonat mit Frau Glotz wurde zum Abend hin fällig. Zur Vorbereitung schaute ich die Notizen in meinem „kleinen Schwarzen" durch. Viel war es nicht, was zu berichten wäre. Ich hatte die entstandene Architektur an der Jugendherberge etwas genauer unter die Lupe genommen, nochmals in meinen Vorarbeiten zur Doktorarbeit nachgelesen. Das interessierte sie wohl nicht. Bei Toni war ich zum zweiten Mal und hatte weitere Einheimische kennengelernt. Das sollte ich ihr nicht unbedingt erzählen, denn sie hatte schon beim ersten Mal die Treffen mit Toni abgelehnt. Einen ehemaligen ausländischen Offiziersschüler konnte ich vorweisen. Das kannte sie noch nicht. Seine Hinweise wären Berichtens wert, wenn ich noch etwas mehr wüsste, als dass jemand in den späten achtziger Jahren systematisch den Festplatz abgesucht hatte. Und da war noch die Kantine voll mit den vielen möglichen Wissensträgern aus der Vergangenheit. Mehr hatte ich wirklich nicht. Musste ich mehr haben? So sprach ich mir selbst Mut zu und wählte durch.

„Hallo Frau Glotz. Und schon wieder ist eine Woche um. Da ist noch nicht viel Neues, aber ich wollte es trotzdem nicht versäumen, Sie anzurufen."

Ich konnte sie schwer atmen hören, sie sagte aber zunächst nichts. Also legte ich noch mal nach:

„Es ist ja nur eine Woche Zeit gewesen und ich bin außerdem jeden Tag arbeiten in der Jugendherberge."

Jetzt konterte sie:

„Ihnen bleiben doch immer noch die Wochenenden und die Abende. Heißt das, Sie haben gar nichts erreicht?"

Toni wollte ich verschweigen, also blieb zunächst der ausländische Offiziersschüler. Vielleicht könnte das interessant werden!

„Ich habe durch äußerst aufwendige Recherchen einen Vietnamesen ausfindig machen können und auch getroffen, der als Offiziersschüler in den 80ern im Block V kaserniert war." Etwas übertrieben, aber da sie mir nicht gleich ins Wort fiel, schien es für sie nicht uninteressant zu sein.

„Er hat mir nach mehrfachen Gesprächen, in denen er zunächst sehr verschlossen war, dann doch offenbart, dass ein Ausbildungsoffizier auf dem Festplatz hat suchen lassen."

„Ein Offizier der NVA ließ die Offiziersschüler suchen, wonach?"

„Ja, sie mussten an den Wochenenden als eine Art Bestrafung an verschiedenen Stellen graben."

„Das hat er Ihnen erzählt? Vielleicht sollten Schützengräben ausgehoben werden als Übung oder so etwas Ähnliches."

„Der Ausbildungsoffizier ging aber systematisch vor und machte sich Aufzeichnungen."

Kurze Zeit war es wieder still am Telefon.

„Was hat er noch erzählt?"

„Nichts weiter, ich habe mir nur so meine Gedanken gemacht, was das bedeuten könnte."

„Das ist auch so eine Sache. Sie fangen immer an und bringen die Sachen dann nicht zu Ende! Ich bin schon enttäuscht, und da hatte ich so große Stücke auf Sie gehalten. Dann können Sie ja gleich wieder abreisen, wenn Sie zu keinen Ergebnissen kommen."

„Frau Glotz", sagte ich ruhig, „ich mache wirklich was ich kann, und so schnell es geht. Wenn Sie mir jetzt das Vertrauen

entziehen, werde ich trotzdem hierbleiben! Dann eben eine Doktorarbeit ohne die Pläne aus der Grundsteinkiste."
Wieder Stille. Und danach das Besetzt-Zeichen. Sie musste einfach aufgelegt haben. War ich zu direkt in meinem Konter gewesen? Irgendwie wollte ich mich nicht ständig unter diesen wöchentlichen Druck setzen lassen. Wobei konnte sie mir zurzeit helfen? Hinweise kamen nicht, nur Vorhaltungen. Obwohl mich ein undefinierbares schlechtes Gewissen plagte, beschloss ich, am nächsten Montag nicht anzurufen.

Der geheime Untergrund unter dem Festplatz ging mir, nicht nur wegen des Telefonates mit Frau Glotz, im Kopf herum. Frau Müller hatte in einem Gespräch, als es um die Möglichkeit eines schnellen Essens ging, einen Imbiss mit echter Thüringer Rostbratwurst erwähnt. Auch hier sollten sich viele Einheimische und auch Bauleute treffen. ‚Gerüchteküche' war dann auch der treffende Name des Imbisswagens auf der Landseite des Blocks IV unmittelbar beim NVA-Museum.

Die „Gerüchteküche" als allgemeiner Treffpunkt am Block IV.

Hier traf ich den Bauleiter von Block III, Herrn Zekemüller. Er war unschwer auszumachen, da ihn ständig irgendwelche Leute suchten oder sein Handy klingelte. Es war dann auch einfach, mit ihm ins Gespräch zu kommen. Eine kurze Frage am Stehtisch nach dem Baugeschehen und er gab bereitwillig Auskunft.

„Sind Sie von Anfang an beim Bau des Hauses AURUM dabei gewesen? Es ist schön geworden, mir gefällt es."

„Na dann, wir bauen ja weiter. Einige Wohnungen im nächsten Bauabschnitt, dem Haus VERANDO sind noch zu haben."

„Nichts für meinen Geldbeutel", gab ich lachend zurück. "Ich bin noch Student und jobbe in der Jugendherberge."

„Ich bin schon viel länger hier auf Rügen und auch auf der Prora" kam er auf die eigentliche Frage zurück.

„Es hat eine ganze Weile gedauert bis es endlich losgehen konnte mit der Bauerei?"

„Ja, die ganzen Sachen wegen dem Denkmalschutz und den Eigentumsverhältnissen. Und dann ging es natürlich zum Anfang auch darum, ob das hier überhaupt zu sanieren ist."

„Aber jetzt geht es wohl richtig los?"

„Ja, wir bauen im Block 2 weiter, aber nur noch einen Aufgang. Den Rest macht ein anderer Investor."

Er sprach auch in der Blocklogik mit den arabischen Zahlen.

„Ist schon etwas unübersichtlich für einen Außenstehenden. Überall wird angefangen zu bauen, da ist es schwer mit dem Überblick."

„Im Block 1, also dem ehemaligen NVA-Heim, fängt eine Berliner Firma an, den gesamten Block auf einmal zu sanieren."

„Ja und was ist hier drüben mit dem eigentlichen Filetstück der Anlage", zeigte ich in Richtung des Festplatzes?

„Dazu muss erst geklärt werden, was da noch alles drunter ist. Ich durfte als Gutachter vor einigen Jahren mal in die Katakomben absteigen."

Jetzt wurde ich hellhörig.

„Also erst mal sehen, was im Verborgenen liegt und dann entscheiden, was erhalten bleiben muss und gebaut werden darf?"
„Das wird wohl alles erhalten bleiben, erhalten bleiben müssen, denn so massiv, wie unter dem Festplatz betoniert wurde, bekommt das keiner mehr weg."
„Was ist denn da?"
„Also für mich, der schon verschiedene Bauten aus der Nazizeit gesehen hat, sieht das schon sehr nach einem kleinen U-Boot Hafen oder so etwas Ähnlichem aus."
„Ein U-Boot Hafen?"
„Naja, vielleicht auch nicht, aber die Breite und die massive Bauweise ähnelt schon sehr."
„Meine Güte, davon habe ich noch gar nichts gehört. Nur über die beiden geplanten langen Seebrücken."
„Darüber wird ja auch nicht so gerne und viel erzählt. Ach ja, und für die Anlegestege liegen die Fundamente noch heute in der Ostsee. Vielleicht wird ja später mal eine Marina dorthin gebaut. Das würde mir gefallen, denn dann könnte ich mein Segelschiff von Lauterbach gleich hierher rüber holen."
Er lachte über seine Prognose, ergänzte aber gleich:
„Binz hat keinen Yachthafen und auch keinen Platz dafür, braucht aber auf kurz oder lang sowas."
„Keine schlechte Idee. Dann kann ja gleich auf die alten Pläne aufgesetzt werden. Zumindest die Fundamente sind ja schon mal da, das sollte kein Problem sein. Wie kommt man denn da rein in die Katakomben unter dem Festplatz? Das ist ja hochinteressant."
„Das geht nicht mehr. Alles ist verschlossen und verriegelt. Und für Otto Normalverbraucher ist es auch viel zu gefährlich" lachte er wieder.

„Da muss auch irgendwo der Grundstein liegen, habe ich gelesen. Den müsste man ja fast von unten sehen können" versuchte ich eine unwissende Frage zu stellen.

„Da ist ziemlich viel verschüttet oder zugeschüttet. Da gibt es nicht viel zu sehen. Der eine oder andere hat's selbstverständlich trotzdem versucht."

„Man müsste jemanden finden, der sich auskennt und vielleicht eine Führung machen könnte", versuchte ich noch ein kleines Stück weiter zu kommen.

„Na dann viel Spaß beim Suchen" sagte er mit einem verschmitzten Lächeln.

Ein hoch interessantes Gespräch, leider musste er schon wieder weiter, sodass ich nur noch hinterher rufen konnte: „Man sieht sich ja bestimmt noch mal die Tage."

Für die richtige Einordnung der Gesprächspartner vor Ort und auch zum Ausfindig machen weitere Zeitzeugen erschien mir nun auch die Erstellung eines historischen Abrisses der Bautätigkeit geboten. Eine nüchterne Fleißarbeit der nächsten langen Abende. Ausgangspunkt:
- 2. Mai 1936 Grundsteinlegung.
- November 1936 Beginn erster Erschließungsarbeiten.
- 1937: Acht Baufirmen beginnen parallel in einem Wettbewerb die acht Blöcke hochzuziehen: Philipp Holzmann AG, Siemens Bau-Union, Dyckerhoff und Widmann, Polensky&Zöllner, DEUBAU, Hochtief, Beton- und Monierbau, Boswan und Knauer.
- Erst 1938 werden erste Fundamente gegossen.
- 1939 noch vor Kriegsbeginn sind die Blöcke fast alle im Status Rohbau abgeschlossen, wobei nur die Firma Hochtief am Block V die moderne Technologie eines Turmdrehkrans einsetzt und prompt als erster fertig wurde.
- Die Firma Sager und Knauer ist bauausführend bei der Kaianlage.
- 1939 erfolgt die Änderung des Konzeptes zum zentralen Platz/Festplatz. Die große Versammlungshalle entfällt nunmehr ersatzlos und der Platz wird mit Arkaden und Garten-Anlagen neu geplant.
- Mit Kriegsbeginn wird dann die Baustelle im erreichten Status gesichert. Während des Krieges kommen polnische und russische Zwangsarbeiter nach Prora, um scheinbar zumindest teilweise den Ausbau vorzunehmen. (Könnte für mich ein solcher Zeitzeuge auffindbar sein?)

- Im Krieg kommt die angedachte Zweitnutzung z.T. zum Einsatz. Block II wird als Notlazarett und Mutter-Kind-Heim verwendet.
- 1943 sollen Ausgebombte aus Hamburg in den Blöcken Unterschlupf gefunden haben.
- Die militärische Ausbildung während des 2.Weltkrieges findet nach heutiger Quellenlage in den fertigen Gefolgschaftshäusern oder auch in den Baustellenbaracken statt. (Blitzmädels, Polizei-Bataillon)
- Nach Kriegsende findet ca. ab August 1945 bis zum November eine Räumung bezüglich aller „Nutzungen" statt. Fortan werden enteignete Großgrundbesitzer hier interniert und zu verschiedensten Arbeiten eingesetzt (vergleichbares hatte ich auch über Peenemünde gelesen). Aus dieser Zeit stammt auch der Notfriedhof in Prora. Keiner weiß heute genau, wer hier begraben liegt und wie diese Menschen ums Leben gekommen sind.
- Bis 1947 erfolgt die Demontage verschiedenster Bestandteile der Anlage im Rahmen der Kriegs-Reparationszahlungen an die Siegermacht Sowjetunion.
- Auf Basis des um diese Zeit erlassenen Wiederaufbauprogramms konnte die, dann offizielle, Plünderung auf dem Gelände beginnen. Und auch dabei soll es zu den besagten Unfällen mit Todesfolge gekommen sein, die letztlich den Ausschlag für die sagenumwogenden Sprengungen gegeben haben. Block I und die südlichsten Teile des Blockes II existierten daraufhin nicht mehr.

- 1951 übergibt die Sowjetarmee die bis dahin teilweise von ihr als Kaserne und Lazarett genutzte Anlage an die DDR. Block VI bleibt noch in sowjetischer Nutzung, wahrscheinlich weil nur hier eine Zentralheizung eingebaut worden war.
- Bereits 1953 hatte die DDR in den zunächst provisorisch ausgebauten Blöcken 13.000 Mann der Kasernierten Volkspolizei als Vorstufe der Nationalen Volksarmee untergebracht.
- 1956 ist der Ausbau als Kaserne im Wesentlichen abgeschlossen, der Block VI wurde erst 1957 an die DDR übergeben. (Warum? Wurde hier noch etwas versteckt gehalten, das erst noch weggeräumt werden musste? Vielleicht die Grundsteinkiste? Hatten die Sowjets als Besetzer des ganzen Geländes den Grundstein gefunden und an anderer Stelle verwahrt? Vergleichbare Situationen hatte es nach der Wende auch anderen Ortes beim Abzug der gesamten GUS-Truppen aus Deutschland gegeben. Als markantestes Ereignis dieser Art gingen die unter einer Garagenanlage in einer Kaserne bei Magdeburg vergrabenen Knochenreste von AH durch die Presse.)
- Bemerkenswert im Zusammenhang mit dem Umbau des ehemaligen KdF-Bades zu einer Kaserne ist auch, dass 15 Jahre nach Einstellung der Bautätigkeiten teilweise die gleichen Bauleute wiederum beteiligt waren. (Auch hier mussten die Zeitzeugen gegebenenfalls noch ausfindig zu machen sein, sie könnten bestimmt wesentliche Hinweise geben)
- Erst in dieser Zeit erhalten die Blöcke auch ihren Naturmörtelrauputz, der bis heute sehr gut erhalten ist. (Lediglich der nördlichste Teil von Block VI, des

heutigen Blockes 5, also die heutige Jugendherberge, erhielt keinen Putz. Der Grund dafür konnte nicht ermittelt werden)
- Mit der Nutzung als Kaserne und Aufstellung der NVA tritt der bekannte Status eines geheimen Sperrgebietes in Kraft, der bis zur Wende anhält.

Ich hatte auch begonnen, die Nutzungsgeschichte der verschiedenen Blöcke durch die NVA zu recherchieren. Dabei musste ich feststellen, dass allein dieses Thema hinsichtlich Umfang und Bedeutung wiederum einer Doktorarbeit würdig gewesen wäre. Also entschloss ich mich, immer nur dann diesen Teil in meine Nachforschungen aufzunehmen, wenn es erforderlich wäre. Reizvoll erschien mir dieser Themenkomplex allemal, aber ich musste mich auf das für mich Wesentliche konzentrieren.

Aber mit einem weiteren Thema wollte ich mich beschäftigen. Wie viele Menschen sind im und kurz nach dem Krieg hier in Prora umgekommen? Hierzu gab es keine eindeutigen Quellen. Es müssen so viele gewesen sein, dass sie nicht auf dem Friedhof in Binz beigesetzt werden konnten. Daher sollen die Bestattungen auf einem eigens geschaffenen Gräberfeld, Binz Nord, vorgenommen worden sein. Irgendwo im Wald zwischen Prora und Binz wäre er zu finden, hieß es. Um dieser Sage auf den Grund zu gehen, machte ich einen Spaziergang weiter vorbei an den Neubaublöcken immer entlang der Poststraße Richtung Binz bis tatsächlich ein kleines Hinweisschild auftauchte.

Hier, mitten zwischen den Bäumen, wenn man dem kleinen Waldweg folgt, entdeckt der Interessierte dann noch eine dunkle Geschichte von Prora: Das Gräberfeld. Eine traurige Atmosphäre. Ein großer Grabstein erinnert namenlos an die unbekannten Toten des Zweiten Weltkriegs.

Wie viele Opfer mögen hier begraben liegen? Sie könnten sowohl aus der Bauzeit vor dem Krieg als auch aus der Zeit nach dem Krieg stammen. Als Ausweich- bzw. Behelfsfriedhof von Binz soll diese Stelle eine Zeit lang gedient haben. Nur zwei Grabsteine mit Namen stehen in dem einsamen Rondell. Hier fallen sofort der gemeinsame Nachname und das gemeinsame Todesdatum auf: Der 14.5.1949. Was war an diesem Tag passiert? Lagen hier Vater und Sohn?

Als ich noch in Gedanken über diese geheimnisvolle Grabstelle auf einer der schon mit Moos bewachsenen Bänke saß, trat ein alter Mann aus dem dunklen Weg.

„Junge Menschen sind auf Friedhöfen selten zu treffen. Machen Sie hier Ahnenforschung?"

„Nein, ich habe gelesen, dass es hier einen geheimen Friedhof gibt. Ich gehe gern auf Friedhöfe und versuche mir dann immer die Geschichten der Menschen aus den Inschriften vorzustellen. Hier geht das nicht. Keine Namen bis auf die zwei dort drüben. Und Sie?"

„Ich weiß auch nicht, ob der, dem ich gedenken will, hier wirklich liegt. Ich war damals keine zehn Jahre, da haben wir eine Einquartierung bei uns im Dorf gehabt. Mein Vater hat mir nichts weiter dazu erzählt, aber es war ein Bauarbeiter. Ich habe ihn manchmal heimlich auf der Baustelle besucht. Er hat mir Geschichten aus der großen weiten Welt ausgemalt. Für mich gab es ja nur unser Dorf und ein Stück Rügen drum herum."

„Wo hat er gearbeitet?"

„Von Anfang an beim KdF, später zogen sie in die Barackensiedlungen der einzelnen Baufirmen. Mit meiner Mutter bin ich zu jener Zeit zur Grundsteinlegung gegangen. Das war für uns Kinder etwas ganz Besonderes. Soldaten, Flugzeuge, Schiffe und vieles umsonst zu trinken und zu naschen. Egal was heute darüber berichtet wird, für uns war es eine tolle Sache, fast wie ein großer Rummel."

Das könnte der kleine Junge sein, ging mir durch den Kopf, den ich auf einem der Fotos in seiner Kadettenuniform entdeckt hatte.

„Erinnern Sie sich noch wo das war, dieses Grundsteinfest?"

„Nein, aber das war mir auch egal. Alfons, also so hieß er, hat mir eines Abends ohnehin erzählt, dass danach dort ganz komische Sachen passiert sein sollen."

„Merkwürdige Sachen?"

„Er durfte nichts darüber sagen, es waren nur so Andeutungen. Eine kleine Gruppe von Arbeitern soll vor Ort im Geheimen nochmal tätig geworden sein."

Wieder eine dieser Legenden. Aber die Halbwahrheiten verdichteten sich immer mehr in eine Richtung: Keine unberührte Ruhestätte des Grundsteins nach dem Tag X. Leider konnte mir der alte Mann mit seinen Erinnerungen nicht entscheidend weiterhelfen.

„Und wie ging die Geschichte mit Alfons weiter?"

„Nach dem Krieg soll er noch mal hier gewesen sein. Es wurde für die Russen alles ausgebaut und weggefahren, was nicht niet- und nagelfest war. Ich habe ihn aber nicht mehr gesehen."

Jetzt wurde seine Stimme etwas leiser.

„Er soll in den Wirren der Nachkriegszeit umgekommen sein. Vielleicht liegt er ja an diesem stillen Ort. Deshalb komme ich ab und zu hier vorbei und denke einfach an ihn."

Es war ein Moment der Andacht. Keiner von uns sagte noch ein Wort. Schweigend verschwand er so, wie er gekommen war. Ihm noch weiter Fragen zu stellen, um vielleicht einen kleinen Hinweis herauszuhören, erschien mir unangebracht. Ich brauchte noch eine Weile, das Gesprochene zu verarbeiten und ging langsam meinen Weg zurück.

An dem vereinbarten nächsten Sonntag kam es zu einer völlig neuen Begebenheit und Erfahrung für mich. 10:00 Uhr morgens Treffpunkt hinter den Garagen. Wie versprochen, hatte ich mich mit einer großen Flasche Küstennebel „bewaffnet". Horst hatte offensichtlich den Part mit dem Bier übernehmen müssen. Ein ganzes DDR-Einkaufsnetz war prall gefüllt mit Oettinger-Flaschen. ‚Das hält wenigstens' war sein Kommentar zu dem merkwürdig anmutenden Anblick.
„Wo ist eigentlich Lutz?"
„Der kommt später nach, der findet uns schon." Wir zogen nicht allzu weit, sondern gleich zielstrebig zum Block II. Toni sagte, ‚hier kenne er sich wenigstens aus'.

Am ersten Treppenhaus führte er uns unbeirrt zu einem Fenster, das zwar geschlossen aussah, aber durch einen kurzen Druck mit der Handfläche nachgab. Im Treppenhaus ging es zwei Etagen höher, dann in Richtung Süden und wir landeten in einem Raum, der aussah wie ein für damalige DDR-Verhältnisse komfortabel eingerichtetes Badezimmer.
„Hier haben die höchsten Offiziere Urlaub gemacht" sagte Toni wissend. „Die brauchten nicht ins Treppenhaus zur Toilette, die hatten hier komplett eingerichtete Ferienwohnungen."
„Nicht schlecht, aber was machen wir jetzt hier?"
„Wir machen's uns hier erst mal gemütlich und wenn jemand Bier ‚wegschaffen' muss, ist auch gleich noch ein Klo da."
„Funktioniert das denn noch?"

„Na klar, das läuft nach unten weg - ist aber ohne Spülung", lachte er laut.

„Stell dich nicht so an."

In den nächsten zwei Stunden floss das Bier und die Flasche Küstennebel ging von Mann zu Mann in der Runde herum. Mir war in dieser „Gesamtsituation" schon fast ekelig zumute, die anderen fühlten sich indes scheinbar pudelwohl. Wir liefen auf der Etage herum, schauten aus den Fenstern, prosteten mit einigen Rufen den Urlaubern zu und gingen von Raum zu Raum. Hier gab es wirklich viel zu entdecken.

Toni kannte sich aus wie in seiner Westentasche, zeigte mir eine End-Küche mit den noch vorhandenen Speisefahrstühlen, sein früherer Arbeitsplatz. Horst musste auch irgendwo hier gearbeitet haben, wollte aber nicht so recht mit der Sprache rausrücken. Für mich hörte es sich so an, als hätte er sich mehr oder weniger um die Müllentsorgung gekümmert. Und so fingen die beiden an, sich gegenseitig über die guten alten Zeiten zu erzählen. ‚Weißt du noch,...' Ich konnte natürlich zu dieser Unterhaltung nichts beitragen und musste passiv zuhören. So hatten sie auch keinen Blick für die Sichtachsen aus den Fenstern. Die konkave Form des Baukörpers zum Beispiel ließ sich von hier deutlich erkennen.

Der Blick aus der Liegehalle in Richtung Norden. Schon auf 500 Meter „krümmt" sich der Bau zu einem leichten Bogen.

Durch irgendwelche Zwischenfragen versuchte ich im Gespräch zu bleiben. Es war zwar zum Teil durchaus interessant, aber mit zunehmenden Alkoholpegel wurden die Geschichten immer verworrener und kaum noch glaubwürdig. Vielmehr konzentrierte ich mich mehr und mehr auf die Küstennebelflasche. Mir war etwas aufgefallen. Sie ging dauernd wieder rund und ich sah deutlich, wie nach dem Ansetzen der Flasche und dem Trinken immer ein Teil des Schnaps, der schon in einem fremden Mund war, wieder in die Flasche zurücklief. Als die Flasche fast zur Neige ging, sagte Horst: „Der Rest ist das Beste, das ist der sogenannte ‚Spucke-Schluck'."

So langsam wurde mir wirklich schlecht.

Gegen Mittag standen sie dann plötzlich vor uns. Lutz und zu meiner völligen Überraschung mein ausländischer

Offiziersschüler. Ich hatte nichts bemerkt, wie sie ins Gebäude gekommen waren und unbemerkt über die langen Flure, die eigentlich überall mit Scherben der verworfenen Fenster übersät gewesen sind. Auch sie mussten sich hier gut auskennen.

„Nenn mich einfach Vieti, so nennen mich sowieso alle, wir kennen uns ja schon."

Mehr kam aus ihm nicht heraus.

Mit dem Alkohol kommt der Mut. Und so erfolgte ein abrupter Themenwechsel des bis dahin eher primitiven und belanglosen Gespräches.

„Wir wissen, dass du was suchst. Und wir suchen das gleiche", polterte Lutz mir direkt ins Gesicht.

Ich kam gar nicht erst zu Wort.

„Du fragst hier überall blöd rum und wir haben schon lange mitbekommen, worum es dir geht. Ist ja auch nicht schlimm, wenn wir das als Freunde zusammen machen. Nur alleine solltest du es nicht weiter tun, denn dann sind wir sozusagen ‚Feinde'."

Seinen Gesichtszug wusste ich nicht zu deuten. Freund oder Feind - eine klare Ansage. Jetzt hatten sie die Katze aus dem Sack gelassen. Die beginnende Freundschaft hinter den Garagen hatte von Anfang an ein klares Ziel: Sie wollten sich mich zu Nutze machen. Das Treffen im Café Horn also gar kein Zufall?

„Du kannst es dir überlegen. Wir schenken dir reinen Wein ein. Wir suchen den Grundstein für einen Investor, sind aber noch nicht so richtig vorangekommen. Und da dachten wir uns, als du hier aufgetaucht bist, so ein schlaues Köpfchen können wir noch gebrauchen in unserer Truppe."

„Ja, aber was kann ich machen, ich bin ja selbst noch am Anfang und habe ehrlich gesagt noch keine Idee, wo und wie ich ihn finden könnte."

Angst stieg in mir auf. Diese Ruine als Kulisse für eine Form von Drohung und Erpressung. Ich hätte noch nicht einmal schnell wegrennen können, denn Lutz stand breitbeinig in der Tür des „Badezimmers". Ich war eingesperrt. Zumindest aber festgesetzt, bis ich eine Antwort geben würde. Momentan musste ich irgendwie Zeit gewinnen.

„Ist denn gar kein Bier mehr da", versuchte ich sie mit ihren eigenen Waffen zu schlagen. „Bei einem Bier redet es sich doch besser."

So dauerte es zwei bis drei Minuten bis alle wieder eine Flasche Bier in der Hand hielten. Und ich hatte mir einen schnellen Plan als Ausweg für den heutigen Tag zurechtgelegt. Vom Start weg, versuchte ich, mit selbstbewusster Stimme die Zuhörer in meinen Bann zu ziehen. Präsentationstechnik und überzeugendes Argumentieren hatten wir schließlich im Studium erlernt.

„Also, lasst uns mal überlegen und zusammenfassen was wir haben: Nichts oder fast nichts."

Zur Unterstützung meines Auftritts nahm ich ein Stück Kalk als Malkreide vom Fußboden auf und begann auf einer geputzten, grauen Wand mit einer Skizze.

„Wir wissen, dass das verdammte Ding irgendwo auf dem Festplatz verbuddelt sein muss."

Ganz bewusst versuchte ich mich an ihre Sprachgewohnheiten anzupassen, um so noch vertrauter zu wirken.

„Keiner kann dort unbeobachtet und ungestört großflächige Untersuchungen oder Grabungen durchführen. Um der Sache einen offiziellen Anstrich zu geben, schlage ich daher folgendes vor: Wir organisieren ein Event, ein Geocaching." Jetzt guckten die anderen verdutzt.

„Das ist so etwas Ähnliches wie früher die Schnitzel-Jagd nur mit modernen Mitteln, GPS-Ortung und so. Es gibt ein Versteck, das die Teilnehmer finden müssen und dazu werden sie über verschiedene Stationen und immer neuen Hinweisen dort hingeführt."

„Ja und wie soll das mit unserer Suche zusammenpassen" fragte Toni genervt?

„Ist doch klar, wir haben ja schließlich die Verstecke zu präparieren und das Logbuch, der Preis sozusagen, wird dann auf dem Festplatz versteckt sein. In einem der Schächte! Kapito? Wir müssen natürlich alles vorbereiten und deswegen in den einen oder anderen Schacht einsteigen, um beispielsweise die Lage zu peilen. So können wir uns tagelang unauffällig im Gelände rumtreiben und sogar blöde Fragen beantworten."

In der Zwischenzeit war an der Wand eine mehr oder weniger anschauliche Skizze des Festplatzes mit einigen Kreuzen für die mir bekannten Einstiege entstanden. Meine Erfahrungen mit den Pausen aus dem Kleiderschrank kamen mir jetzt zu Nutze. Um der Sache einen noch höheren Geheimcharakter zu verleihen, malte ich jetzt mit der langen Seite des Kalkstücks eine weiße Fläche darüber.

„Muss ja keiner finden!"

Und jetzt kam mein Gegenangriff:

„Das ist mein Plan und wenn er euch gefällt, können wir ihn gemeinsam angehen. Oder hat jemand einen besseren Plan?"

Ich hatte hoch gepokert aber schon beim ersten Blick in die Runde war klar, ich hatte fürs Erste gewonnen. Betretenes Schweigen.

„Also ja oder nein?"

Jetzt ergriff Lutz, der scheinbare Rädelsführer wieder das Wort:
„Also lasst uns die Handynummern austauschen und dann gehen wir die Sache an."
„Das reicht aber nicht", ging ich gleich wieder in Angriffsposition. „Wir müssen noch festlegen, wer was bis wann macht."
Auch das hatte ich schon im Projektmanagement gelernt. Die Aufgaben immer verteilen und am besten gleich zum Anfang scheinbar bereitwillig die besten Aufgaben übernehmen, die man selbst machen will.
„Ich übernehme das Einstellen des Events ins Internet und werde das Logbuch vorbereiten, ggf. noch Trophäen als Andenken besorgen. Und was macht ihr?"
Um Lutz noch etwas mehr in die Zange zu nehmen, teilte ich ihm gleich eine Aufgabe zu:
„Übernimmst du den rechtlichen Teil, also die Nachfrage bei der Stadt Binz oder hier in Prora, ob man irgendeine Genehmigung braucht?"
„Ja klar, das kann ich machen" antwortete er gleich, ohne zu überlegen.
Er wollte sich offensichtlich nicht das Heft des Handels völlig von mir aus der Hand nehmen lassen.
„Ja, und wer entwickelt die Grundidee? Welche Verstecke auf dem Gelände sich anbieten usw.? Jetzt kommt, ihr drei seid doch auch von hier und kennt euch in jeder Ecke aus."
So konnten sie nicht ‚Nein' sagen und die Aufgabenverteilung blieb unwidersprochen im Raum stehen. Irgendwie fühlte ich mich schon wie der Projektleiter für ein Projekt, das ich gar nicht machen wollte. Das Bier war leer, es wurde schon später Nachmittag und ohne frische Getränke wollte keiner der vier länger hier bleiben.

„Wir können doch noch zum Bahnhof nach Binz gehen und dort im Kiosk Flaschen wegbringen, ein Bier holen und noch ein bisschen weiter quatschen?"
„Für mich nicht, mir reicht's für heute. Ich bin sozusagen nicht im Training."
„Also dann gehen wir alleine und telefonieren nächste Woche."
Und so stiegen wir wieder aus dem Gebäude, so wie wir gekommen waren. Ich ging nach rechts und die anderen vier nach links in Richtung Binz. Als ich mich noch mal umdrehte, sah ich, wie Vieti sich auch schnell verabschiedete und abbog. Scheinbar wollte er mit den anderen drei nicht gesehen werden. An diesem frühen Abend in meinem Bett war mir doppelt unwohl: Erstens vom Alkohol (um mit den Kerlen mithalten zu können, musste ich wohl oder übel ins Training kommen) und zweitens: Ich kam mir vor, als wäre ich ein Pakt mit dem Teufel eingegangen. Ich fühlte mich gefangen von den vier angeblichen Freunden, die in Wirklichkeit nur eins wollten: Mich für ihre Zwecke benutzen. Aber zu meiner Beruhigung sagte ich mir immer wieder, dass die Idee mit dem inszenierten Projekt sowohl die einzige Möglichkeit gewesen war, „unbeschadet" den heutigen Tag überstanden zu haben und gleichzeitig mein Einfluss und die Steuerung der Konkurrenten sichergestellt schienen.

Nachdem ich mich zwei Wochen nun fast täglich in der Kantine zum Mittagessen eingefunden hatte, eröffnete die Frau eines von mir als möglicher Offizier „identifizierten" Mannes tatsächlich die Kommunikation am gemeinsamen Tisch:
„Essen Sie jetzt auch jeden Tag hier?"
„Ja, es ist so schön praktisch und schmecken tut es auch."
„Ist nicht jedermanns Sache dieses ‚Ost-Essen'. Wo kommen Sie denn her?"
Was sollte ich nun antworten, ohne zu lügen, aber auch ohne den Spalt der Gesprächstür zu zuknallen?
„Nein, ich bin nicht aus der ehemaligen DDR, wenn Sie das meinen."
Ihr Mann aß anteilslos weiter. Jetzt bloß nicht den Faden der Unterhaltung abreißen lassen.
„Ich arbeite zurzeit hier. Na ja und ich bin ein Nachwendekind. Da spielt das mit Ossi und Wessi keine Rolle mehr."
„Und wozu verschlägt es Sie hier zu uns auf die Insel?"
„Na eigentlich bin ich fertiger Student und will mir etwas Geld vor der ersten festen Anstellung verdienen."
„Hier ist nichts mit Geld verdienen. Die Zeiten sind lange vorbei." Sie lachte etwas gequält.
„Wo haben Sie früher gearbeitet?"
Falsche Frage schoss es mir im selben Augenblick durch den Kopf. Kurzes Schweigen am Tisch.
„Entschuldigung, ich wollte Ihnen nicht zu nahe treten."
„Nein, schon gut. Ich habe früher bei der NVA als Zivilangestellte im Büro gearbeitet. Und mein Mann war Offizier."
Jetzt schaute er kurz auf und musterte mich aufmerksam.
„Bis wir dann abgewickelt wurden", war sein erster, knapper und verbissener Kommentar zu dem bis dahin eigentlich sehr netten Gespräch.

Jetzt war Diplomatie gefragt. Sollte ich einfach die Unterhaltung mit seiner Frau fortsetzen oder auf seine Bemerkung eingehen. Sie nahm mir die Entscheidung ab.

„Er hätte auch in die Bundeswehr gehen können…"

Da unterbrach er forsch.

„Das war und ist nicht meine Armee."

„Und zwei Dienstgrade tiefer, also vom Major zum Oberleutnant, das stellen Sie sich mal vor" ergänzte sie immer noch empört über die offenbar unannehmbaren Modalitäten der damaligen Zeit.

„Ich habe viel darüber gehört und auch gelesen" versuchte ich schnell verständnisvoll zu ergänzen.

„Was wissen Sie schon…!" schoss es aus ihm heraus.

„Nichts, aber ich hab's gemerkt. Kein gutes Thema. Ich muss jetzt auch wieder los. Bis morgen?"

Keine Antwort von ihm.

„Ja, vielleicht sehen wir uns die nächsten Tage mal wieder" sagte sie etwas versöhnlich.

Er war ‚mein Mann' für eine denkbare Spur!

Ich nannte ihn den „Major" in meinen Notizen.

Meine Wirtsfrau, Frau Müller war immer da, egal ob morgens, wenn ich aufstand, oder abends wenn ich „nach Hause" kam. Einkaufen ging sie scheinbar immer dann, wenn ich unterwegs gewesen bin. Ich kannte sie nur in der Küche werkeln oder vielleicht manchmal abends im Wohnzimmer bei ihrem Mann sitzen. Dann stand sie aber sofort auf, um mich im Flur zu begrüßen. Umso mehr überraschte es mich eines Tages, an meinem vierten Wochenende in Prora, als sie mir verkündete, sie würde abends nicht da sein an diesem Samstag. Mir erschien das zwar ungewöhnlich, aber andererseits doch wieder ganz normal. Warum sollte sie nicht auch einmal ausgehen? Trotzdem fragte ich sicherheitshalber nach, ob irgendetwas zu beachten wäre und schaute dabei unbewusst in Richtung Wohnzimmertür. Sie drückte mir einen Zettel mit einer Telefonnummer in die Hand, sagte aber nichts dazu. Den Tag über ging ich wie üblich meiner Arbeit in der Jugendherberge nach. Erst auf dem Heimweg fiel mir wieder ein, dass ich alleine bzw. nur mit Herrn Müller in der Wohnung sein würde. Diesmal schloss ich die Tür ganz besonders leise auf und versuchte auf dem Flur keine lauten Geräusche zu verursachen. Ich wollte ja Herrn Müller im Wohnzimmer nicht stören und, ehrlicherweise, auch keinen ungewollten Kontakt herstellen. Aus dem Wohnzimmer klangen an diesem Abend nicht nur die bekannten Atemgeräusche und das Fernsehen, sondern auch eine Art Stöhnen hervor. Schnell ging ich durch zu meinem Zimmer, um kurz zu überlegen, was ich machen sollte. Einige Minuten später entschloss ich mich dann so zu tun, als ob ich auf die Toilette gehen wollte. Immer noch war das Stöhnen durch den Spalt der Wohnzimmertür zu hören. Es klang anders als sonst, als noch vorhin – und nicht gut.
„Hallo, hallo" beherzt stieß ich die Tür auf. Große Augen starten mich aus einem vor Schmerz verzerrten Gesicht an.

„Was kommen Sie hier einfach rein?"
So schnell fiel mir keine passende Antwort ein.
„Ja, und?"
„Ihnen geht es doch nicht gut!
„Mal besser und mal schlechter eben."
„Soll ich einen Arzt rufen?
„Nein!"
Sein aschfahles Gesicht und der kalte Schweiß auf der Stirn machte klar: Es musste das Herz sein.
„Ich habe meine Tabletten" sagte er noch und sacke seitlich in seinen Sessel weg. Zum Glück hatte ich vor einigen Jahren eine Ersthelferausbildung durchlaufen. Also war der Ablauf klar: Keine Zeit verlieren, Notarzt anrufen und mit der Herzdruckmassage beginnen. In den Pausen suchte ich nach dem Zettel mit der Telefonnummer und rief Frau Müller an. Ich informierte sie kurz über die eingetretene Situation. Sie machte einen erstaunlich gefassten Eindruck. Hatte sie eines Tages damit gerechnet oder schon so eine Vorahnung gehabt, den siebenten Sinn?
„Ich komme so schnell ich kann, weiß aber noch nicht, wann das genau sein wird."
Der Notruf machte wenig Hoffnung auf eine schnelle Hilfe.
‚Es stehen nicht genügend Notärzte auf der Insel zur Verfügung, ein Hubschraubereinsatz dauert noch länger usw'. Es blieb mir also nur, weiter so gut es ging die Herzmassage aufrecht zu erhalten und zwischendurch immer wieder den Versuch zu unternehmen, Herrn Müller anzusprechen. Er war scheinbar hin und wieder kurz bei Bewusstsein, antwortete aber nur mit kurzen, fast unverständlichen Lauten:
„Nichts meiner Frau sagen ..." oder so ähnlich?
„Will nicht ins Krankenhaus...."

Nach einer gefühlten Ewigkeit kam endlich der Notarztwagen und ich war glücklich, dass jetzt die professionell geschulte Routine übernahm.

„Sind Sie der Sohn?"

„Nein, ich bin Untermieter".

„Wohnt hier sonst nach jemand aus der Familie?"

„Ja, seine Frau. Ich habe sie informiert und sie kommt so schnell wie möglich".

„Sagen Sie ihr, sie kann gleich ins Krankenhaus nach Bergen fahren. Verdacht auf Herzinfarkt. Wenn es schlimmer sein sollte, geht es weiter nach Greifswald oder Rostock." Wahrscheinlich weil der Notarzt meine hilflosen Blicke gesehen hatte, sagte er zum Rettungsassistenten: „Lassen Sie sich die Telefonnummer geben, wir rufen Frau Müller direkt an".

Irgendwie war ich heilfroh, als sich die Türen des Rettungswagens schlossen und für Herrn Müller die Fahrt ins Krankenhaus begann. Ich fühlte die Verantwortung für ihn an diesem ersten Abend ohne seine Frau langsam von mir abfallen und war außerdem irgendwie stolz, diese Situation anständig gelöst zu haben. Jetzt sah ich erstmals anscheinend alle Nachbarn aus der Nordstrasse auf einen Haufen. Die Neugier hatte sie in der ganzen Siedlung vor die Türen getrieben. Aber keiner fragte direkt nach. Nur neugierige Blicke spürte ich beim Rückweg von der Straße auf meinem Rücken zur Wohnungstür, so dass ich mich spontan umdrehte und in den Abend rief:

„Er lebt noch, das Herz hat ein paar Probleme gemacht."

So waren „alle" informiert und ich hatte nicht zu viel zum tatsächlichen Zustand von Herrn Müller preisgegeben. Erstaunlicherweise meldete sich Frau Müller den ganzen Abend nicht mehr bei mir und kam auch nicht nach Hause. Irgendwie hatte ich darauf gewartet, verstand aber auch, dass

sie wahrscheinlich jetzt andere Sorgen hatte und gleich ins Krankenhaus zu ihrem Mann gefahren sein würde. Früh am nächsten Morgen, dem Sonntag, ich kam gerade aus dem Badezimmer, schloss sie die Tür.
„Es war das Herz - das musste ja so kommen."
Sie fiel mir dabei fast um den Hals.
„Danke, danke, dass Sie sich um meinem Mann gekümmert haben. Ohne Ihre Hilfe würde er wahrscheinlich nicht mehr leben."
„Das war doch selbstverständlich und zum Glück wusste ich so einigermaßen, was zu tun ist."
„Er wird noch eine ganze Zeit im Krankenhaus bleiben müssen, aber die Ärzte haben mir gesagt, sie bekommen ihn wieder hin, so gut es geht."
In den nächsten Tagen war ich also alleine mit Frau Müller. Wahrscheinlich durch meine beherzte Rettungsaktion öffnete sie auch ihr Herz und fing an nach und nach, vor allem beim Morgenkaffee in der Küche, zu erzählen. Ihr Mann, der überzeugte Offizier der 1. Stunde, der sich mühsam über die vielen Dienstjahre hoch gedient hatte und dann nach dem Ende der DDR und der Auflösung der NVA zum gebrochenen Mann geworden war.
„Für ihn war das unerklärlich. Der Sozialismus, die bessere Gesellschaftsform konnte doch historisch nicht dem Kapitalismus unterliegen. Natürlich war ihm klar, dass die DDR hier und da noch nicht den Vorstellungen vieler Menschen entsprach, doch er erklärte sich das aus der politökonomischen Theorie. Dazu hat er viel in den Klassikern, also bei Marx, Engels und Lenin nachgelesen: Wo haben wir einen Fehler gemacht, dass es so kommen musste?"
„Ach Sie meinen die vielen blauen und roten Bücher im Wohnzimmer?"

„Ja, er suchte darin nach Lösungen und ließ sich nicht davon abbringen, dass in diesen Schriften auch die Erklärung für die eingetretene Situation zu finden sein musste."

„Aber das geht doch gar nicht. Marx und Engels lebten in einer Zeit, in der gerade mal die Anfänge des Kapitalismus zu beobachten waren. Das ‚Kapital' war eine Betriebsanleitung für Kapitalisten. Und Lenin wollte ein Riesenland gleich vom Feudalismus in den Kommunismus katapultieren."

„Ganz so einfach ist die Sache dann doch nicht. Vieles wird ja heute als wissenschaftliche Leistung der Klassiker von allen Seiten anerkannt."

„Das zumindest haben wir in einem Kurzabriss beim Studium gehört. Zugegeben spielte es aber keine große Rolle."

„Aber in der DDR haben mehrere Generationen immer wieder gehört: ‚Von den Klassikern lernen heißt siegen lernen.' Und so wurde immer wieder nachgewiesen, dass die sogenannten Klassiker Recht hatten, in allen Belangen des gesellschaftlichen Lebens. Bestimmt langweile ich Sie damit."

„Nein, nein, es ist schon interessant, aber für mich schwer, sich in diese Situation hinein zu denken."

„Sehen Sie, die DDR war sein Land, die NVA sein Beruf und seine Berufung. Die Freunde kamen aus dem Offizierskreis. Hier wohnte ja auch niemand anders."

„Und nach der Wende und dem Zusammenbruch, haben die ehemaligen Offiziere ihre Freundschaften aufrechterhalten?"

„Viele wollten gar nichts mehr miteinander zu tun haben."

„Warum denn das nicht?

„Einige haben sich ‚gewendet', sind also in die Bundeswehr gegangen. Mit denen wollte mein Mann nichts mehr zu tun haben. Andere haben versucht, in völlig neuen Berufen ihr Glück zu finden. Plötzlich wollte jeder jedem auf einmal Versicherungen verkaufen oder Autos."

Sie lächelte matt.

„Und wieder andere haben sich mit den Glücksrittern eingelassen, den ganzen Goldgräbern, die nach der Wende auch hier bei uns auftauchten."

„Die sogenannten Besser-Wessis?"

„Ja, und alle hatten angeblich Geld und tolle Ideen was man aus Prora machen könnte. Zum Glück hat mein Mann sich darauf nicht eingelassen. Teilweise hat jeden Abend ein anderer bei uns geklingelt. Von irgendwo her muss es Gerüchte gegeben haben, dass er über Wissen oder Informationen verfügt, die diese Leute unbedingt haben wollten."

Jetzt wurde ich wieder hellhörig.

„Um welche Information ging es da?"

„Junger Mann, das kann ich Ihnen nun wirklich nicht sagen. Mein Mann war Geheimnisträger und ob Sie es glauben oder nicht, das bedeutete auch, dass nicht alles zu Hause erzählt werden durfte. Er ist immer noch Soldat und hat sich immer daran gehalten."

Sie schaute ganz ernst - und so war es wohl auch gemeint.

„Ja und Sie?"

„Und ich war die typische Soldaten-Frau."

Jetzt musste sie fast lachen.

„Erst die Braut und dann die Frau. Ich bin am Anfang immer von Standort zu Standort mit umgezogen und habe ihm die ganzen Jahre den Rücken frei gehalten."

„Wo hat er denn genau gearbeitet?"

„Na gleich hier vorne zwischen den beiden Blöcken im Zwischenbau. Aber glauben Sie mir auch das: Er hat keine Soldaten schikaniert, war mehr in der Verwaltung tätig."

„Aber diese Geheimnisse aus der Vorwendezeit? Haben Sie später nicht darüber gesprochen?"

„Nein, nur über ein paar Stückchen des Ganzen. Manchmal habe ich schon den Eindruck, dass er noch immer etwas mit sich herum trägt, aber nicht darüber sprechen kann und will."

Mit der neu eingetretenen Situation, dass Herr Müller für einige Zeit nicht anwesend war, ergab sich noch eine weitere Veränderung. Nach einer Woche bot ich Frau Müller an, mit dem Hund Gassi zu gehen, um sie etwas zu entlasten. Zugegebenermaßen hatte ich auch noch einen kleinen, anderen Hintergedanken.
„Mein Mann hätte bestimmt etwas dagegen. Der Hund ist sein ein und alles" war ihre erste Reaktion.
„Ja, ich habe ihn immer nur im Wohnzimmer neben ihm auf der Decke liegen sehen."
Aber Frau Müller hatte scheinbar so viel Vertrauen gefasst, dass sie es schließlich doch erlaubte.
„Erzählen Sie aber meinem Mann bloß nichts davon, wenn er wieder nach Hause kommt."
„Ist in Ordnung, auch ich kann schweigen", gab ich vieldeutig als Antwort.
So konnte ich immer wieder mal abends zu Spaziergängen aufbrechen. Das Ziel war klar: Der Festplatz. Mit meiner Tarnung war ich richtig unauffällig und es dauert in einer solchen Situation niemals lange, bis man andere Leute mit Hund trifft. Eines Abends begegnete ich so meinem Major aus der Kantine. Schnell war mit ihm nicht ins Gespräch zu kommen, aber es kam, wie das eben so läuft: Beim ersten Mal grüßt man sich, beim zweiten Mal ist irgendwas mit den frei laufenden Hunden und sie müssen getrennt werden. Und schon beim dritten Mal kommt man irgendwie doch in eine zwanglose Unterhaltung.

„Nicht schlecht so ein Niemandsland. Eine riesige Auslauffläche für Hunde und niemand stört sich daran. Es ist ganz erstaunlich, wie sich die Natur hier ausgebreitet hat. War das schon immer so?"

„Nein, Sie raten nicht, was hier mal war: Sand und etwas Gras, eine Wüste. Ein Schießplatz die ersten Jahre."

„Ein Schießplatz?"

„Hier war alles Sperrgebiet schon gleich kurz nach dem Krieg, totales Sperrgebiet. Es war ja auch die Frage, ob und was hier gebaut werden soll. Da wurde der Bewuchs flach gehalten. Man konnte quer über den ganzen Platz bis zur anderen Seite weit sehen."

„Eine riesen Einöde? Aber gebaut wurde nichts, wie man heute sieht!"

Er lachte vielsagend.

„Schon mal was vom Rügenhafen gehört?"

„Nein, über die Kaianlage hier, die geplanten Anleger, aber ein Hafen?"

„Da gab es schon seit Ewigkeiten Pläne, wahrscheinlich schon bei der kaiserlichen Marine."

Er lachte wieder.

„Das dritte Reich hat die Pläne wieder aufgegriffen, dann nach dem Krieg die Russen und anschließend die NVA. Es gab ein Gesamtkonzept, Rügen als kompletten Militärstandort auszubauen. Wir hatten hier nur Informationen zu Teilplänen, aber es ging schon um gewaltige Eingriffe in die Landschaft. Hier war einer der Durchstiche vorgesehen, also Durchfahrten zwischen der Ostsee und dem Kleinen Jasmunder Bodden."

Sofort wurde ich an dieser Stelle der Unterhaltung höchst aufmerksam. Auf diesen Punkt war ich bei meinen bisherigen Recherchen noch nicht gestoßen.

„Prora spielte eine große Rolle bei den militärischen Planungen. Der gesamte Landstrich war militärisches Sperrgebiet und für Zivilisten nicht zugänglich. Wussten Sie eigentlich, dass Egon Krenz hier auch mal gedient hat?"
„Nein."
„Und, dass Erich Honecker hier war?"
„Das habe ich mal kurz irgendwo gelesen."
„Ja, er war beim ‚Großen Manöver' hier. Wir haben Anfang der siebziger alles geprobt auf der Prora, bis hin zu einem simulierten Atomschlag da drüben auf der Halbinsel."
Er zeigte dabei in Richtung Bodden.
„Wir?"
„Ich war auch dabei, wir haben 1973 eine richtige amphibische Landung von der Ostsee vorgeführt und Genosse Honecker, also der Erich Honecker, stand hier oben auf der Kaianlage zur Beobachtung."
Ich konnte schon einen gewissen Stolz heraus hören, vor allem, dass er jemand gefunden hatte, der ihm zuhörte bei den alten Geschichten und interessiert nickte.
„Später war auch Armeegeneral Heinz Hoffmann mehrfach hier. Bei den Ausländischen."
„Das kenne ich schon, die Terroristen-Ausbildung."
„Quatsch, was die Leute so erzählen. Ein bisschen Rüstzeug wurde denen vermittelt, das hat doch nichts mit Terroristen zu tun."
Ich merkte, es war das falsche Thema für eine Diskussion mit dem Major.
„Und wie ging es dann weiter mit der geplanten Nutzung des Festplatzes hier?"
„Es sollte überall auf Rügen gegraben werden, in Lietzow ein Durchstich zwischen dem Kleinen und dem Großen Jasmunder Bodden, in Glowe auch ein Durchstich von der Ostsee. Da

wurde sogar begonnen, den Kanal auszuheben. Das kann man heute noch sehen. Na und viele, die heute zu den Störtebecker Festspielen gehen, wissen gar nicht, dass das Hafenbecken, wo die ‚Seeschlachten' vorgeführt werden, eigentlich die Vorbereitungen für eine U-Boot Werft waren."

„Scheinbar ist es doch anders gekommen?"

„Zum Glück, kann man heute nur sagen. Letztlich wurde der Plan aus strategischen Gründen nicht weiter umgesetzt. Der alte Rügendamm war schon immer ein Nadelöhr und aus militärischer Sicht unbrauchbar. Und auch die Freunde, also die Sowjetarmee, hatte ihre Strategie geändert. Sonst würde das heute hier alles ganz anders aussehen."

„Also blieb alles so wie es war?"

„Wie gesagt, wir hatten nur Teilpläne, sind aber wochenlang hier unten drunter in den Katakomben herumgestiefelt, um Lagepläne der Fundamente zu machen. Die alten Pläne gab es ja nicht mehr. Jedenfalls liegt da unten jede Menge Beton."

„Denkt man gar nicht, wenn man hier oben über den Sand spazieren geht."

„Das ist auch besser so. Ein paar Probesprengungen haben wir damals auch gemacht, um zu sehen, ob man Baufreiheit für einen Kanal schaffen könnte."

„Das ist ja hochinteressant. Gibt es denn die damals neu erstellten Pläne noch?"

„Nein, die wurden die ganzen Jahre als geheime Verschlusssache behandelt und sind nach der Wende, wie so vieles, spurlos verschwunden."

„Faszinierend, immer wieder neue Geschichten über diese gewaltige Anlage zu hören. Ich muss jetzt aber wieder zurück, sonst macht sich meine Wirtin Sorgen, also über den Hund."

„Bei der Frau Müller wohnen Sie, oder?"

„Bei den Müllers zur Untermiete."

Hier blieb wirklich nichts unbemerkt. Als ich wieder im Quartier angekommen war, musste ich gleich über den Rügenhafen recherchieren. Es gab auch hierzu nicht viel. Aber immerhin in einer Quelle zumindest einige Informationen des geplanten Konzeptes mit den von meinem „Major", dem Kantinenoffizier, richtig beschriebenen Durchstichen. Sogleich machte in mich an die Arbeit.
Und tatsächlich:
Alle Durchstiche waren genau verzeichnet. Zusätzlich noch die geplanten Werften, U-Boot-Häfen und anderen militärischen Einrichtungen. Ein schier unvorstellbares Großvorhaben. Bis zu 20.000 Arbeiter sollen damals schon tätig gewesen sein. Und ein Soldat aus Prora hatte die gesamte Geschichte an den STERN gegeben. Am 13.05.1953 erschien im Heft 20/1953 ein umfassender Bericht zu allen Aktivitäten auf der Insel. Und der Journalist hat seine Quelle nicht preisgegeben, die Stasi den Soldaten nicht ermitteln können. Erst nach der Wende gaben sich die Protagonisten zu erkennen.

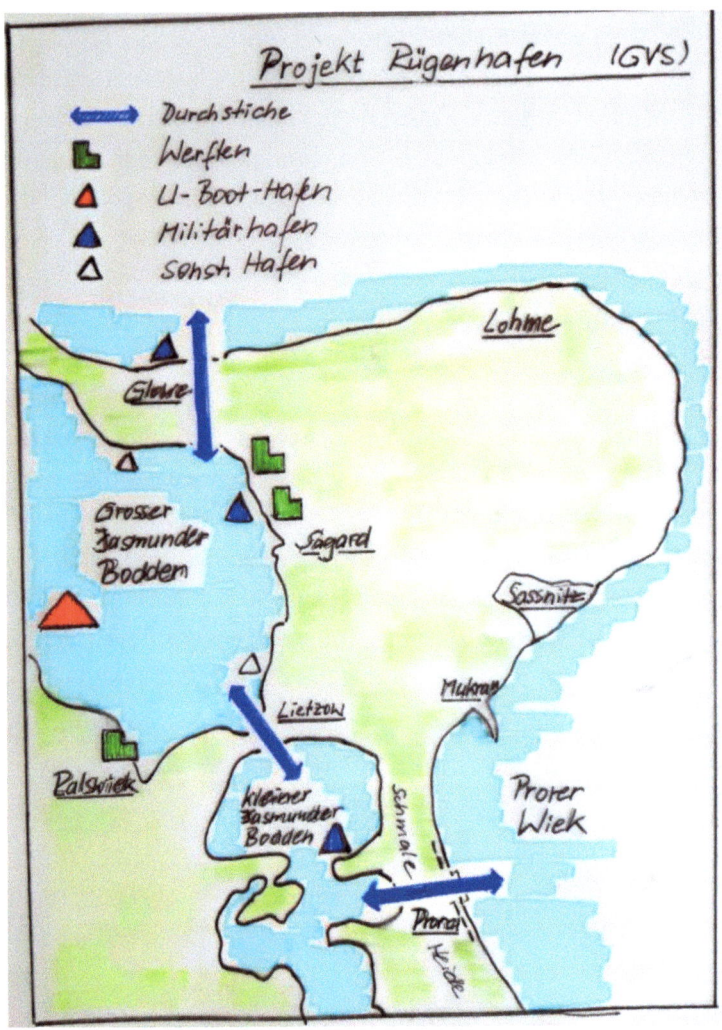

Erstellte Skizze zum geplanten Rügenhafen mit den Durchstichen und militärischen Objekten.

Bei den wenigen Bemerkungen zum U-Boothafen oder einer unterirdischen Durchfahrt war immer wieder von einer Legende die Rede, weil die Wassertiefe in der Prorer Wiek nicht ausgereicht hätte. Mit einer meiner geheimen Karten aus den NVA-Beständen stellte ich deshalb einen interessanten Vergleich an.

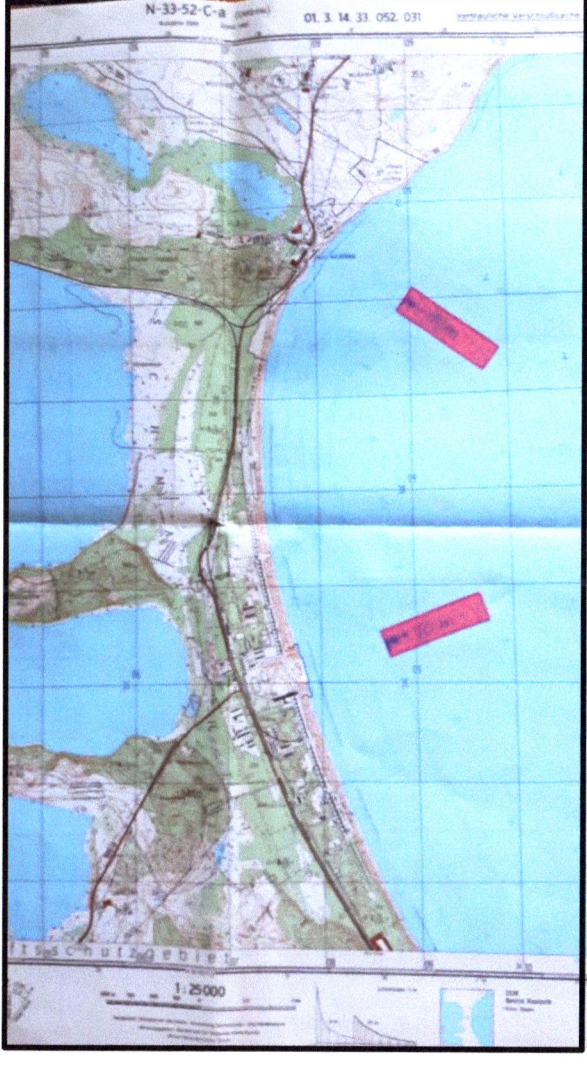

Die 10-Meter-Wassertiefen Linie in einer Karte aus 1983 (geheime Verschluss-Sache) vor Prora und vor Mukran.

Die Wassertiefen bieten also die gleich „schlechten" Voraussetzungen für den Bau eines Hafens. Nur wurde dann in den 80er Jahren in Mukran der Fährhafen mit einer entsprechend tiefen Fahrrinne errichtet (auf der Karte noch als Baustelle dargestellt). Ergo wäre dies in Prora ebenfalls möglich gewesen. Die beiden Landebrücken rechts und links der Kaianlage hätten mit ihren massiven Fundamenten die ideale Abgrenzung bilden können.

Die Vorbereitungen für das geplante Geocaching liefen, wie ich es mir schon gedacht hatte, sehr unprofessionell an. Keiner meldete ich bei mir, bis Lutz nach zwei Wochen seit unserem Ruinenbier-Tag endlich mal anrief. Er war gewissermaßen wieder der Rädelsführer der anderen drei Mitläufer.

„Wie weit bist du gekommen?"

„Ich hab meinen Teil mit einigen Aufwand schon gut vorbereitet. Aber wie weit bist du und die anderen gekommen?"

„Ja, das ist so eine Sache. Irgendwie kommen die anderen nicht zurande. Mit den Verstecken und so, und wie die ganze Sache abläuft."

„Das heißt, ich hab alles umsonst im Internet vorbereitet? Wie sieht's denn mit der Genehmigung aus?"

Wieder etwas Rumdrucksen auf der anderen Seite.

„Na ich hab da mal so nachgefragt. Das geht schon klar. Eigentlich braucht man dazu keine Genehmigung."

Ich konnte zwar nicht so richtig glauben, dass er wirklich etwas in dieser Richtung unternommen hatte und mir war natürlich klar, dass solche Events immer ohne Nachfrage und Genehmigung von örtlichen Behörden durchgeführt werden. Das war ja auch der Reiz an der Sache für die Geocaching-Fans.

„Dann brauchen nur noch die anderen liefern."

„Du, hör mal Peter, das wird irgendwie nichts. Kannst du die Sache mit den Verstecken nicht gleich mitmachen? Ich könnte ja mithelfen."

„Nein lass mal, dann mache ich das lieber alleine."

Komisch, wie diese Sache sich so weiter entwickelt hatte. Erst diese fast aggressive Aufforderung an dem Sonntag beim Ruinen-Bier und dann nichts dahinter. Aber mir sollte es recht sein. So hatte ich auch in dieser Beziehung die Zügel im Griff.

"Wir treffen uns heute Abend auf ein Bier an altbekannter Stelle."

Jetzt klang wieder ein bestimmender Ton durch.

„Pass auf Lutz, ich muss jetzt erstmal eure Arbeit, die zusätzliche Arbeit, machen und wenn ich fertig bin, komme ich wieder vorbei."

„Ja OK, aber denk dran, wir sind ein Team!"

Nach dem Telefonat machte ich mir nun schnell Gedanken, wie die Strecke für das Multi-Geocaching aussehen könnte. Eins war klar: Der erste Anlaufpunkt sollte der Bahnhof Prora sein. Nicht Prora-Ost sondern Prora. Schon die erste Herausforderung für alle Teilnehmer, nicht am falschen Bahnhof auszusteigen. Am verlassenen Bahnhofshäuschen würde sich bestimmt ein stilles Örtchen für den Hinweis auf die nächste Location finden lassen.

Für 2-3 weitere Zwischenstationen bot sich ein Spaziergang mit meinem neuen kleinen Freund an. Am Abend liefen wir gemeinsam zunächst zum Bahnhof Prora. Das Versteck war schnell gefunden. An der vernagelten Tür neben dem Fenster mit dem Schild „Auktionsobjekt zum Verkauf" mit einer Handynummer wäre dann die nächste Aufgabe zu finden.

Das leerstehende Bahnhofshäuschen Prora steht zum Verkauf.

Auf meinem Weg zum Festplatz ging ich diesmal vom Bahnhof die Mukraner Straße, über die kurze Straße Am Bahnhof, vorbei an der Einfahrt zum Technikmuseum geradeaus weiter zum Block V. Hier am ehemaligen KDL (Kontrolldurchlasspunkt), der ebenfalls unter Denkmalschutz steht, bot sich ein weiterer Anlaufpunkt an. Gegenüber in dem kleinen Wäldchen fiel mir das Denkmal von Otto Winzer ins Auge. Am Bahnhof wären dann die GPS-Daten, verbunden mit dem Hinweis auf die Bepflanzung um dieses Denkmal herum, hinterlegt. Otto Winzer, der langjährige Minister für auswärtige Angelegenheiten der DDR, war auch der Namensgeber der Offiziersschule für ausländischen Militärkader. Eine vielsagende Verbindung?

Das Denkmal von Otto Winzer am KDL zum Block V.

Weiter ging mein Spaziergang in Richtung Festplatz, diesmal den Strand entlang. Von der nördlichen Seite näherte ich mich der Kaimauer mit ihrem vielen Graffitis.

Die Kaianlage von Norden betrachtet.

„Her mit dem schönen Leben" lässt sich schon aus großer Entfernung lesen. Dort an der Klinkerwand vielleicht? Einige Steine waren von der Witterung herausgebrochen und die entstandenen Löcher könnten als Versteck herhalten.

Ein paar Leute waren unterwegs und bestaunten das riesige, geheimnisvolle Bauwerk. Als ich langsam näher kam, saß da etwas abseits auf den Stufen der breiten Treppe: Horst. Ihn hatte ich hier nicht erwartet. So alleine mit seinem Einkaufsbeutel, einer Selbstgedrehten und natürlich einer Flasche Bier in der Hand. Er hatte mich offensichtlich schon von weitem erkannt und schaute mir entgegen.

„Gehst du mit dem Hund der Müllers spazieren?"
Auch er wusste also über ‚Alles' in Prora Bescheid.
„Was machst du hier" stellte ich als Gegenfrage.
„Ich sitze hier manchmal und schaue aufs Meer. Dabei kann man so schön die Gedanken in die Ferne schweifen lassen."
Wartete er hier auf jemanden oder saß er wirklich nur so da? Irgendwie passte der Spruch ‚Her mit dem schönen Leben' zu diesem Gesamtbild.
„Denkst du an die guten, alten Zeiten?"
„Ob sie so gut waren, weiß ich nicht. Aber vielleicht wäre ja alles anders gekommen. Ich bin gerade am Block 2 vorbeigelaufen. Da ist jetzt wieder eine alte Losung unter dem Putz zum Vorschein gekommen."
„Eine Losung an der Wand?"
„Ja, musst du mal hingehen, dann wirst du es selbst sehen. Damals haben die immer neue Sprüche an die Wand gemalt. Und der eine ist mir jetzt gerade wieder hochgekommen."
„Wieso das denn?"
Horst war heute anscheinend redseliger als sonst.
„Da geht's um die Weltfestspiele 1951 in Berlin. Ich kann mich auf einmal wieder genau daran erinnern."
„Warst du mit dabei?"
„Ich war noch so jung und wusste nicht, was ich aus meinem Leben machen sollte. Und da kamen sie und fragten, ob ich nicht zur Polizei gehen wolle. Ein sicherer Beruf und das Geld

sollte auch stimmen. Also habe ich unterschrieben. Gelandet bin ich dann bei der Kasernierten Volkspolizei, also eigentlich bei der Armee."

„Das habe ich schon gelesen. Die Kasernierte Volkspolizei hier in Prora war die Vorstufe zur NVA."

„Jeden Tag diese Appelle", erzählte er weiter, „bei denen immer neue politische Losungen verkündet wurden. Und eines Tages stand es da dran: ‚Auf zu den III. Weltfestspielen der Jugend'! Oder so ähnlich. Man kann es heute nicht mehr so genau erkennen. Freiwillige wurden gesucht."

„Und da hast du mitgemacht?"

„Als junger Mann nach Berlin? Was für eine Frage. Natürlich habe ich mich sofort gemeldet. Und dann sind wir los im August mit einem Sonderzug. Es war alles so aufregend schön. Der totale Kontrast zum Leben in der Kaserne. Am zweiten Abend ist es dann passiert."

Er machte eine Pause.

„Wir hatten einige Mädels getroffen und schon zwei oder drei Bier getrunken. Da kam einer auf die Idee, lasst uns doch mal den Kudamm in West Berlin unsicher machen. Die Mauer gab es ja noch nicht. Also sind wir los. Am nächsten Morgen dann ein Riesenzirkus. Irgendjemand muss uns verpfiffen haben. Alle die mit waren, mussten zum Politikoffizier und wurden sofort zurück nach Prora gefahren. Hier gab es dann wieder einen großen Appell. Ich bin wegen unerlaubten Entfernens von der Truppe und Kontakt mit dem Klassenfeind in Unehren aus der Armee entlassen worden und stand wieder auf der Straße, so wie die Jahre davor. Letztlich durfte ich dann als Zivilangestellter im Objekt arbeiten und wurde so über die Jahre der ‚Flaschensammler'."

„Der Flaschensammler?"

„Fast wie heute in den Großstädten" lachte er raucherhustend.
„Die Soldaten hatten die Angewohnheit, alles auf der Seeseite aus dem Fenster zu schmeißen. Den Müll, die leeren Schnapsflaschen und alles was nicht mehr zu gebrauchen war. Das passierte immer morgens und abends vor dem Stubendurchgang, weil dann der geleerte Mülleimer kontrolliert wurde. Na und da bin ich morgens vor der Arbeit draußen lang gelaufen und habe die Pfandflaschen und Ähnliches aufgesammelt. Auch für leere Schnapsflaschen und Konservengläser gab es ja damals ein paar Pfennige bei der Altstoff-Handlung."
„Hast du so dein Geld ein bisschen aufgebessert?"
„Genau, so konnte ich mir ein paar Mark dazu verdienen. Nur meinen Moped-Helm habe ich aufbehalten müssen, denn es kam ständig noch, ohne Rücksicht, Müll von oben geflogen. Es war erniedrigend. Manchmal hatte ich den Eindruck, als ob sich die Soldaten einen Spaß daraus gemacht hätten, mich als Zielscheibe zu benutzen."
Er war so in Gedanken versunken und starrte dabei derart traurig auf das Meer, dass ich mitleidig nachfragte: „Und so hast du dein Dasein gefristet über die ganzen Jahre hier in Prora?"
„Logisch, was denn sonst. Und nach der Wende war ich mit der erste, der dann rausgeflogen ist. Was sollte denn aus mir werden, wenn das Leben schon so verkorkst anfängt?"
„Das kann ich dir jetzt auch nicht sagen, Horst, aber irgendwie ist doch jeder für sein Leben selbst verantwortlich."
„Das sagen alle zu mir, aber jetzt sitze ich mal hier und mal da und muss tun, was mir noch bleibt!"
„Ja und was bleibt dir noch?"
„Na zum Beispiel mit euch den Schatz von Prora suchen" sagte er mit einen merkwürdigen Gesichtsausdruck. „Schatzsuche,

das klingt gut aber wir wissen ja alle nicht, was dabei rauskommt."

„Da wird schon was bei rumkommen, auf die eine oder andere Art, es muss!"

„Ganz so blöd, wie alle denken, bin ich nämlich auch nicht", sagte er auf einmal.

Nach langem Kramen holte Horst aus den Tiefen der Innentaschen seiner alten NVA-Jacke ein paar Stücken Papier hervor. Er sortierte einige ausgefranste Blätter auseinander. Dazwischen lag etwas, separat in Folie eingeschlagen. Es dauerte ein bisschen, dann hatte er mit seinen zittrigen Händen einen Plan auseinandergefaltet.

„Sieh mal hier Peter, den habe ich beim Ausräumen der Tresore sichergestellt."

„Was soll da sein?"

„Es ist ein Lageplan vom Festplatz, den angrenzenden Blöcken und allen sonstigen Gebäuden, die es hier zu NVA-Zeiten so gab."

„Und die Kreuze, was sollen die bedeuten?"

„Die muss jemand eingezeichnet haben."

„Kaum zu glauben, aber es sieht aus wie ein Gitterraster."

„Genau, mit Kreuzen und zwei Fragezeichen."

Konnte dies die Karte des Ausbildungsoffiziers sein, über die Vieti erzählt hatte? Eindeutig war ein Raster mit Linien eingezeichnet und wie ein Koordinatensystem beschriftet. Außerdem markierte ein dickerer Strich die Mittelachse des Festplatzes. Horst hielt seinen Schatz mit beiden Händen so fest, dass ich kaum etwas im Detail erkennen konnte.

„Jetzt gib sie mir doch mal kurz!"

„Aber wirklich nur zum Anschauen!"

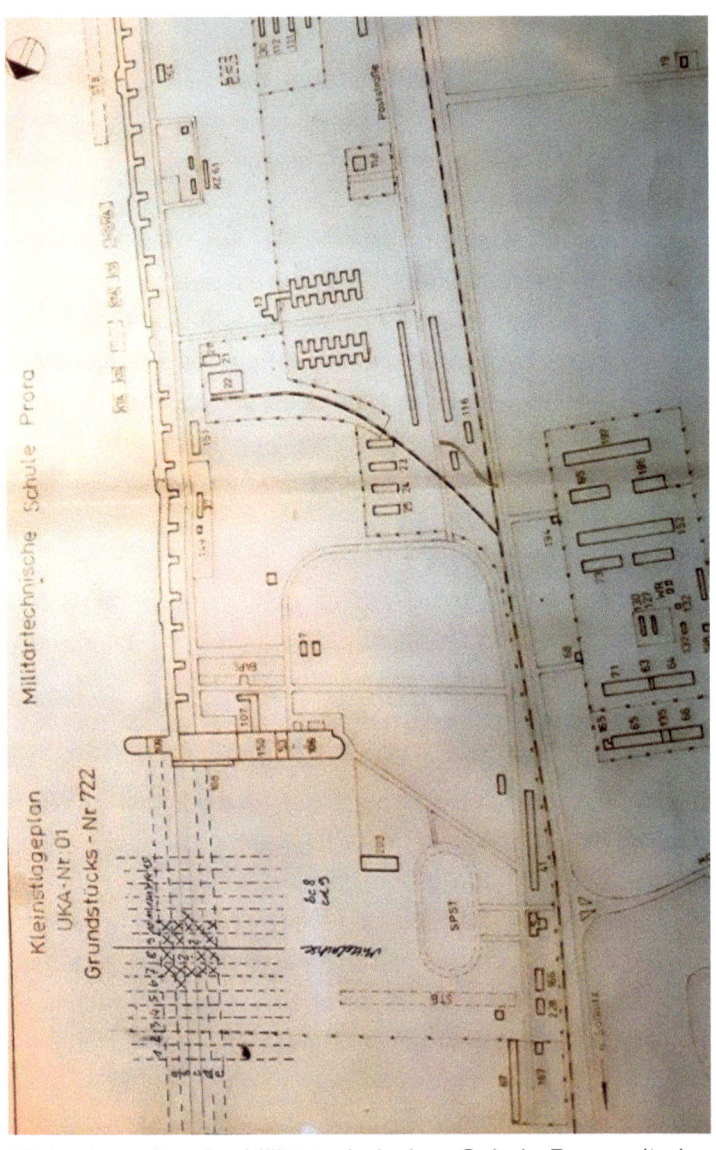

Kleinstlageplan der Militärtechnischen Schule Prora mit einem eingezeichneten Raster auf dem Festplatz.

Zuerst musste ich die Echtheit einschätzen. Eindeutig war der ursprüngliche Teil dieser Unterlage mit dem in der DDR üblichen Kopierverfahren erstellt worden. Das verriet die gelb bräunliche Einfärbung. Links die Ergänzungen mit Bleistift bzw. mit dem damals gebräuchlichen Kopierstift. Ich fragte nach:
„Warum bist sicher, dass es sich hier um einen geheimen Plan handelt?"
„Alle Gebäude sind richtig eingezeichnet und sogar das alte Anschlussgleis ist drin. Ich bin auf dem Festplatz gewesen, alleine und bin das Raster abgeschritten. Laut Karte sind bei bc8 und cd9 Fragezeichen. Genau an diesen Stellen befinden sich leichte Kuhlen. Da muss jemand gegraben haben."
Zum Glück fiel Horst durch eine Ungeschicklichkeit seine Bierflasche um. So konnte ich, sozusagen aus der Hüfte, ein schnelles Foto mit dem Handy machen. Die Grundstruktur sollte erkennbar sein, das reichte. Und schon hatte Horst das Blatt wieder sicher.
„Mein Schatz", faltete er es wieder zusammen.
Langsam schraubte er sich von der Treppe hoch, raffte seinem Beutel und schaute mich fragend und vielsagend an. Was wollte er mir damit rüberbringen, welche Botschaft? Wortlos gab er mir die Hand und zog von dannen.

Noch in Gedanken ging ich über die Freitreppe hoch auf den Festplatz und sah von weitem schon den „Major", der jetzt bereits auf fünfzig Meter Abstand grüßte und mich herbeiwinkte.
„Haben Sie den Mann da eben gesehen?"
„Nein, welchen Mann, ich bin den Strand lang gekommen."
„Da läuft so ein Mann, der sich irgendwie komisch benimmt. Am besten, wir klären das mal auf."

Gemeint war wahrscheinlich Aufklärung im Sinne seiner Armeesprache.

„Warum? Hier kann doch jeder spazieren gehen und machen was er will."

„Na kommen Sie nun mit? Irgendwas mit dem ist nicht koscher."

Also liefen wir gemeinsam in die Richtung, die der alte Major in Zivil annahm. Und er hatte scheinbar seinen Beruf ordentlich erlernt, denn nach einigen gut gewählten Trampelpfaden als Abkürzung hob er plötzlich den Arm. So wie eine Marschkolonne beim Militär lautlos gestoppt wird. Und tatsächlich. In einiger Entfernung lief ein Mann querfeldein über die Hügellandschaft. Für mich war nicht zu erkennen, was er da tat, aber der Gang wirkte überaus merkwürdig.

„Ein Wünschelrutengänger", zischte der „Major" mir zu.

„Wir beobachten!"

Wie als Kommando für seinen Hund zog er kurz an der Leine und dieser setzte sich sofort, blieb still und schaute ebenfalls aufmerksam in unsere Blickrichtung. Ich tat es ihm gleich, zog ebenfalls am Hundegeschirr und war überrascht. Auch ‚meiner' legte sich hin. Hörte der Hund schon so gut auf mich, oder hatte er es sich einfach von dem anderen abgeschaut? Ich traute mich während dieser ‚Jagd-Szene' zunächst nichts zu fragen, denn ich wollte nicht schuld sein, wenn der ‚Feind' uns bemerkte. Der Wünschelrutengänger lief wie einer imaginären Linie folgend, langsam über den Platz. Blieb zwischendurch stehen, drehte sich um und lief die gleiche Stelle nochmals ab. Zweifellos suchte er mit dieser althergebrachten Methode nach irgendetwas, das sich unter dem Sand befand. Wahrscheinlich wäre diese Szene noch viel länger zu beobachten gewesen, wenn nicht ein Urlauberpärchen aus südlicher Richtung auf einem der Hauptwege heranspazierte. Schnell steckte er die Route in eine Art Rucksack und war im Gebüsch

verschwunden. Jetzt konnten auch wir aus unserer Tarnung treten und das Gespräch wieder aufnehmen.
„Ich habe es doch gewusst, da ist noch einer unterwegs."
‚Noch einer' schoss es mir durch den Kopf. Wen meinte er? Vor allem, wen meinte er mit ‚noch'? Direkt konnte ich nicht fragen.
„Meinen Sie, dass Leute hier nach dem suchen, was Sie mir erzählt haben? Die Kanäle in den Katakomben?"
Er schaute mich lange an.
„Nein, die suchen nach was anderem."
Wieder hielt er inne.
„Aber ich kann's Ihnen ja erzählen, steht mittlerweile sowieso schon in jedem Reiseführer. Irgendwo hier soll damals der Grundstein zum KdF-Bad in die Erde gebracht worden sein."
„Das habe ich gelesen, er wurde nie wieder gefunden."
„Genau, deshalb kommen immer wieder neue Schatzsucher, aber auch alte, die in finden wollen."
„Haben sie damals auch danach gesucht, als die Untersuchungen hier liefen?"
„Wir wussten gar nichts von einem Grundstein. Hier und da gab es die verschiedensten Gerüchte zu Prora. Aber das gehörte für uns zum Bereich der Legenden. Ich schaue noch mal weiter, wo er geblieben ist. Kommen Sie mit?"
„Vielleicht noch ein Stück. Ist ja schon hochinteressant, wer sich hier so alles rumtreibt."
So gingen wir noch eine gute Viertelstunde entlang seiner geheimen Abkürzungen, konnten den mysteriösen Mann aber nicht mehr wiederentdecken. Ich nutzte daher die nächste Gelegenheit mich zu verabschieden.
„Wir sehen uns ja bestimmt bald wieder, vielleicht haben wir dann mehr ‚Jagd-Glück'. Auf bald."
Schon auf dem Nachhauseweg fing ich an, mir Gedanken über das soeben Erlebte zu machen. Was hatte das nun zu

bedeuten? Ich musste mir dringend eine Zusammenfassung über meinen Erkenntnisstand erstellen!

An einem ruhigen Abend dieser ersten Augustwoche ging ich nun endlich daran, eine Zwischenbilanz zu ziehen. Ein Monat war um und ich wollte möglichst neutral und nüchtern den Status meiner bisherigen Ergebnisse bewerten. Ein bisschen hatte ich mich davor gedrückt. Den Kleiderschrank mit beiden Flügeln weit aufgeklappt und mein schwarzes Notizbuch auf dem Tisch, begann ich meine Zusammenfassung aufzuschreiben:

- Mit Frau Glotz, meiner eigentlichen Auftraggeberin, bin ich entzweit. Seit drei Wochen habe ich sie nicht mehr angerufen und weiß nicht, ob und wann ich es das nächste Mal tun würde. Von ihrer Seite ist nichts, außer Fragen und Vorhaltungen zu erwarten.
- Das Treffen mit dem Bauleiter bestätigt die Legende, wonach sich unter dem Festplatz ein bedeutsames Bauwerk verbirgt. Eine massive Stahlbetonkonstruktion könnte als U-Boot-Hafen konzipiert worden sein. Auf alle Fälle wurde nach der Grundsteinlegung nochmals tiefgreifend der mögliche Ort der Grundsteinlegung bautechnisch verändert.
- Mein historischer Abriss zu den Tätigkeiten auf der Baustelle nach dem 2. Mai 1936 enthält verschiedene Baufirmen, die auch heute noch, zumindest mit Nachfolgefirmen, existieren. Könnten in dieser Richtung Recherchen sinnvoll sein? Können sich dort heute noch Pläne oder Unterlagen ausfindig machen lassen?
- Zusammen mit Toni, Lutz, Horst und Vieti hat sich mit mir eine merkwürdige Allianz gebildet. Ich bin mir nicht

mehr sicher, ob sie für mich zielführend sind. Ein Ansatz, um in den Untergrund zu gelangen, hat sich immerhin durch das geplante Geocaching aufgetan.

- Die Spur meines Majors hat mich ein ganzes Stück weitergebracht. Jedenfalls ist nun klar, dass nach dem Krieg nochmals immense Aktivitäten auf dem Mittelstück der Anlage stattgefunden hatten. Mit der Entdeckung des Wünschelrutengänger ist eins offensichtlich: Es gibt auch noch andere, die intensiv mit der Suche beschäftigt sind.
- Frau Müller zeigt sich nach der Herzattacke ihres Mannes offener als noch zuvor. Einiges aus der alten Zeit hat sie erzählt, aber was ist davon für mich zu verwenden? Weiß sie noch mehr?
- Einen wirklichen Freund habe ich gefunden. Den kleinen Hund der Müllers. Eine Art Promenadenmischung, der bei Herrn Müller auf „Hassan" oder so ähnlich hört. Ich habe ihm einen neuen Namen gegeben, „Waldi", und bei unseren Spaziergängen reagiert er auch schon darauf.
- Von Horst musste ich mir seine Lebensgeschichte anhören. Seine Aussagen am Ende der Unterhaltung passen so gar nicht zu seinem sonstigen Auftreten. Was führt er im Schilde? Zumindest hat er einen alten Plan, den er hütet wie seinen Augapfel.
- Schon oft und lange habe ich auf die Fotos und meine Lage-Skizzen vom Festplatz an den Schranktüren gestarrt. Jetzt noch der alte Plan von Horst mit den Kreuzen und Fragezeichen. Was ist der rationale Kern? Bisherige Erkenntnisse: Durch Grabungen im ermittelten Zielgebiet den Grundstein zu finden,

erscheint nicht umsetzbar und unrealistisch! Diesen Ansatz muss ich wohl oder übel verwerfen.

- Kurze Betrachtung meiner Baumtheorie: Die Bäume auf den alten Fotos und die von mir ausgemachten heutigen Bestände an den Rändern des Festplatzes. Konnten sie aus der damaligen Zeit stammen? Den Umfang der größten Bäume hatte ich bereits bei einem Spaziergang nachgemessen. Mit einem in 1,30 m Höhe ermittelten Maß kann im Internet auf das ungefähre Alter umgerechnet werden. Bei ca. 1 m Umfang und einem Nadelgewächs (Kiefer) ergibt das ein maximales Alter von 50 Jahren. Das heißt, auch diese Möglichkeit auf die Örtlichkeiten zu schließen, schied aus. Die Bäume auf den Fotos erscheinen ebenfalls von dieser Größe, also müssten sie heute, 75 Jahre später, einen Umfang von mindestens 2 bis 2,50 m haben. Status: Streichen!

Einige Tage später, am Donnerstag vor dem geplanten und von mir veröffentlichten Geocaching-Tag waren wir auf mein Drängen hin am Festplatz verabredet. Toni, Lutz, Horst, Vieti und ich. Das ganze sogenannte Team. Es war eine feste Verabredung zu 18:00 Uhr am runden Einstieg, der am wenigsten gesichert erschien, und ich beeilte mich, von der Jugendherberge rechtzeitig oder besser noch etwas vor der Zeit dort zu sein. Eines kam noch hinzu. Lutz hatte verlautet: ‚Heute nun endlich wollte der sogenannte Investor persönlich erscheinen.' Mir war es wichtig, ihn nicht zu verpassen, denn auf die Aussagen der anderen verließ ich mich schon lange nicht mehr. Ihn selbst zu sehen und vor allem auch mit ihm zu sprechen, erschien mir als einzige Möglichkeit, seine Motivation zumindest ansatzweise besser herauszufinden. Als ich eintraf, waren erstaunlicherweise alle anderen schon vor Ort. Die Verriegelung am Einstieg hatten sie auch bereits entfernt. Der Gullideckel lag daneben und vor uns präsentierte sich ein rundes, dunkles Loch. Der Weg in die Katakomben unter dem Festplatz.

„Ihr seid ja schon fertig!?"

„Wir waren etwas früher da und Horst hat auf seine pragmatische Weise die Sicherungen unbedacht einfach gleich weggeflext."

In dem schwarzen Loch konnte ich kaum etwas erkennen. Gerade mal zwei Sprossen im oberen Teil dieses typischen Gulli-Einstiegs zeigten sich im einfallenden Licht. Darunter nur Finsternis. Taschenlampen und eine Strickleiter hatten, wie verabredet, Toni und Lutz mitgebracht. Jetzt ging es darum, wer einsteigen sollte. Nach einigem hin und her einigten wir uns, dass zunächst Vieti nach unten gehen sollte, um die Lage zu peilen. Anschließend wollten alle zumindest kurz hinunter klettern. Die Neugierde und das fehlende gegenseitige

Vertrauen zeichneten sich in den Gesichtern ab. Natürlich auch bei mir, aber der Gedanke, was uns eventuell dort unten erwarten würde, trieb mich nicht in die vorderste Reihe. Was konnte der Erste schon alleine bewerkstelligen, selbst wenn er die Kiste finden würde? Also wurde die Strickleiter ausgerollt und Vieti stieg im Schein unserer Taschenlampen hinunter. Er hatte seine in den Mund genommen und sah tatsächlich fast aus wie ein Höhlenforscher. Das nicht ganz einfache Herunterklettern sah bei ihm so unbeschwert und geschickt aus, dass ich kurz daran dachte, der macht das vielleicht nicht zum ersten Mal. Gelernt und trainiert auf der Sturmbahn hier in Prora bei seiner Ausbildung? Wir anderen standen um den Einstieg herum, prüften die Befestigung der Strickleiter mit den Heringen im Dünensand und konnten momentan nur warten. Wie lange dauert es, sich einen kleinen Überblick zu verschaffen? Nichts passierte. Einige undefinierbare Geräusche kamen aus dem Untergrund. Alle waren so fixiert und konzentriert, dass keiner etwas von dem bemerkte, was sich um uns herum zusammenzog.

Die Polizei stand hinter uns! Wie versteinert starrte ich die beiden Beamten an. Was hatte das jetzt zu bedeuten?

„Hauptwachtmeister Krause, was machen Sie hier?"

Auf diese Frage war keiner vorbereitet. Welche plausible Erklärung könnte man auch geben?

„Wonach sieht es denn aus?" war die freche Gegenfrage von Lutz.

„Nach Sachbeschädigung und unberechtigtem Eindringen in ein gesperrtes Objekt" blieb der Polizist sachlich.

„Wir haben nichts weiter gemacht", beeilte sich Horst die Situation etwas zu entschärfen.

„Nichts gemacht? Das sieht aber anders aus."

Die Flex und die entfernte Metallsicherung lagen wie Beweisstücke neben dem ‚Tatort'.

„Es liegt eine Anzeige vom Eigentümer vor, wonach Sie seinen Besitz unberechtigt betreten und beschädigen."

„Wir wollten eigentlich nur nachschauen, ob sich diese Stelle als Versteck für ein Event eignet. Als Ziel beim Geocaching."
Nur die Wahrheit konnte uns jetzt helfen und gelogen war das nicht. Die anderen starrten mich erschüttert an. Bisher hatte ich mit der Polizei noch keine Erfahrung in meinem Leben gemacht. Sie schienen schon etwas mehr Kontakt gehabt zu haben.

„Was soll denn das schon wieder werden", sprach der Hauptwachtmeister jetzt Lutz direkt an.

„Wir hatten doch schon des Öfteren das Vergnügen."

„Nichts, gar nichts. Ich bin einfach nur mitgegangen, weil die anderen Jungs mir was zeigen wollten."
So lief die Sache also. Lutz hatte scheinbar eine kriminelle Vorgeschichte und wollte sich gleich aus der Situation herausreden.

„Wir nehmen zunächst einmal die Personalien auf."
Das Procedere dauerte eine gute Viertelstunde. Besonders interessierten sich die Beamten für mich.

„Was machen Sie hier? Sie wohnen doch gar nicht in Prora. Woher kennen Sie die anderen Herrschaften?"
So ging das Verhör eine ganze Weile. Danach wendeten sich die Beamten wieder der ‚Tatort-Situation' zu.

„Sind Sie dort eingestiegen?"

„Nein noch nicht" antwortete Toni schnell.

„Dann packen Sie Ihr Zeug zusammen, schieben den Deckel wieder drauf und bringen die Sicherung an. So lange bleiben wir hier und zum Rest mit der Anzeige werden Sie dann von uns hören."

Jetzt war endgültig die Zeit gekommen, eine weitere Wahrheit preiszugeben. Aber keiner sagte etwas. Als niemand Anstalten machte, die Strickleiter einzuholen, setzte der zweite Polizist nach:
„Ist da vielleicht doch jemand unten?"
Ging zur Öffnung und rief hinein:
„Hallo ist da jemand? Kommen Sie sofort hoch! Der Einstieg wird jetzt wieder verschlossen."
Keiner von uns traute sich etwas zu sagen. Nach einer gefühlten Ewigkeit waren Geräusche aus der Tiefe zu hören.
„Da ist doch jemand!"
„Kann sein, dass vielleicht vorher schon...."
„Erzählen Sie doch keinen Quatsch!"
„Wir wissen, dass Sie da unten sind. Kommen Sie jetzt hoch!"
Langsam war ein Taschenlampenschein zu erkennen. Als Vieti an der Oberfläche erschien, war er leichenblass. Er brachte nur einen kurzen Satz hervor:
„Ein Toter!"
Jetzt nahm die Situation eine völlig andere Wendung.
„Wo haben Sie ein Toten gesehen?"
„Na da ... da unten."
Vieti konnte immer noch nicht richtig in ganzen Sätzen sprechen, so fertig hatte ihn offenbar das Erlebte gemacht.
„Wo genau?"
„Ich weiß nicht ....ganz genau, wo ich lang ...gegangen bin. Da lag er plötzlich ....und dann, dann wollte ich nur noch raus. Ich habe ....nichts damit zu tun."
Der Hauptwachtmeister war etwas beiseitegetreten und forderte über Funk die Kriminalpolizei an. Als er zurückkam, verlangte er von Vieti, nochmals mit ihm einzusteigen.
„Sie zeigen mir jetzt die Stelle, wir sichern den Fundort und dann wird die Kriminalpolizei das weitere erledigen."

„Und was machen wir solange" fragte Lutz. „Ich muss heute noch was erledigen."
„Das glaube ich nicht. Zuerst wird die Situation hier ordnungsgemäß beendet. Wenn dort unten ein Toter ist, muss geklärt werden, was Sie alle mit der Sachlage zu tun haben." Und deutete in die Runde.
„Na gar nichts. Er", zeigte auf Vieti, „sagt, dass er etwas gefunden hat. Wissen wir, ob es wirklich ein toter Mensch ist?"
„Das wird sich gleich herausstellen. Und niemand geht hier nirgends wohin! Wenn es Ihnen besser gefällt, sind Sie alle bis zur Klärung des Sachverhalts vorläufig festgenommen."
Ich kam mir vor wie in einem schlechten Kriminalfilm. Nicht im Traum hätte ich mir vorstellen können, mit einer gefundenen Leiche in Verbindung gebracht zu werden und verhaftet zu sein. Zwischenzeitlich waren der Hauptwachmeister und auch Vieti erneut nach unten gestiegen. Es dauerte nicht lange und sie kamen wieder zurück. Die beiden Polizisten schauten sich kurz an:
„Ja, es ist ein Toter dort unten, aber so wie er aussieht, liegt er dort schon eine Weile."
„Dann hat sich die Sache ja aufgeklärt" beeilte sich Lutz zu sagen.
„Das wissen wir noch nicht. Und deshalb warten wir auf die Kriminalpolizei und die Kollegen werden dann entscheiden, ob Sie als Verdächtiger, zumindest aber als Zeuge in diesem Fall gelten."
Erstaunlicherweise war die Kriminalpolizei schnell zur Stelle. An mir lief die Situation weiter vorbei wie ein Film. Fragen habe ich in meiner Erinnerung rein schematisch beantwortet: ‚Bin erst später gekommen,.... das Loch war schon geöffnet, ...weiter kann ich nichts sagen'.

Nachdem zwei Kriminalisten und der Hauptwachtmeister nochmals den Fundort inspiziert hatten, fuhr auch schon ein Leichenwagen vor. Jetzt hatten die Beamten alle Hände voll zu tun, Schaulustige abzuwehren und begannen, das Gebiet abzusperren.
„Sind die Personalien aufgenommen?"
„Ja, wir haben alles" antwortete der Hauptwachtmeister.
„Dann können Sie jetzt gehen", befreite uns der oben gebliebene Kriminalbeamte aus der misslichen Lage.
„Sie werden von uns schriftlich nochmals vorgeladen, um ihre Aussagen im Detail zu Protokoll zu nehmen. Hinsichtlich der Sachbeschädigung und den anderen Punkten wird die Polizei vor Ort weiter ermitteln. Wir übernehmen das hier", war die allgemeine Ansage in die Runde.

Ich konnte es noch kaum glauben, ging ganz vorsichtig ein paar Schritte rückwärts aus der Runde, drehte mich um und lief einfach weg.

Gerade als ich hinter den ersten Büschen abgebogen war, hörte ich im Sand knirschende Schritte hinter mir. Eigentlich wollte ich niemanden mehr sehen und ging strammen Schrittes weiter.
„Peter, jetzt warte doch mal."
Ich drehte mich um. Es war Horst, der mir hinterher gekommen war.
„Was willst du?"
„Auch nicht mehr bei den anderen bleiben."
Jetzt erst fiel mir wieder ein, dass der geheime Investor für heute groß angekündigt worden war. Da kam Horst gerade recht, um ihn zu fragen:
„Wann wollte eigentlich der Investor kommen, für den ihr bzw. wir arbeiten? Als ich kam, wart ihr ja alle schon da."
„Lutz war noch früher da, mit Toni. Sie haben mir erzählt, er wäre zwar dagewesen, aber schon wieder weg."

„Wie, was?"
„Na, er hatte nur wenig Zeit, wollte sich nur schnell ein Bild vor Ort machen und ist gleich wieder weg."
„Jetzt mal ganz langsam. Wie soll denn das funktioniert haben? Wir hätten doch zumindest sein Auto hier vorne auf dem Parkplatz sehen müssen."
„Lutz hat gesagt, er wäre mit einem Privatjet über Peenemünde gekommen. Vom Hafen Peenemünde mit einer Motoryacht über die Ostsee bis vor die Kaianlage und dann mit dem Beiboot an den Strand."
Ich schaute ihm einfach nur in die Augen.
„Glaubst du das?"
„Immerhin hat er doch als Investor bestimmt genügend Geld und nur wenig Zeit."
Horst war ein einfach gestrickter Mann, aber hatte er sich eine solche Geschichte wirklich „aufbinden" lassen?
„Also ich weiß nicht, ob ich das glauben soll", und schüttelte harsch den Kopf.
„So eine geheime Person, die nur Lutz und Toni kennen. Weißt du was, sagt den anderen:
Ich steige aus!
Ich will mit euch nicht mehr weitermachen!"
Wieder drehte ich mich um und wollte weitergehen.
„Nun warte doch mal Peter."
„Ja und du bist doch auch einer von denen."
„Nein, bin ich nicht. Ich bin in die ganze Sache nur so reingerutscht. Mir wurde eine Menge Geld versprochen, wenn ich mitmache. Und Geld kann ich immer gebrauchen. Kriege ja sonst nicht viel."
„Und wieviel haben sie dir schon gegeben?"
„Garnichts habe ich bis jetzt bekommen. Es wurde immer nur vertröstet, versprochen und von dem großen Investor erzählt.

Der bringt das große Geld mit. Ich will da eigentlich auch nicht mehr mitmachen."

„Dann sag es ihnen auch."

„Ist für mich nicht so einfach, denn irgendwie sind es ja auch meine einzigen Kumpels. Mit wem soll ich denn dann abhängen und mein Bierchen trinken?"

„Das musst du jetzt mit dir selbst ausmachen. Auf alle Fälle bin ich raus."

Und ließ ihn einfach stehen.

‚Das ist das Ende'. Dieser Satz ging mir am Abend immer wieder durch den Kopf. Alles würde jetzt rauskommen und meine Tarnung auffliegen. Eigentlich konnte ich nur noch schnell meine Sachen packen und abreisen. In der Sache würde ich nichts mehr erreichen können. Nach langem Grübeln beschloss ich dann doch, noch eine Nacht darüber zu schlafen und dann erst zu entscheiden: Sollte ich aufgeben?

Am nächsten Tag, gleich am Morgen, sah ich die Ostsee-Zeitung bei Frau Müller auf dem Küchentisch liegen: Da war sie, die Schlagzeile:

Ingolstädter tot aufgefunden - Thomas H. ertrank im Prora-Untergrund

Offensichtlich bei einem Erkundungsgang im abgesperrten Teil der KdF-Anlage in Prora ist ein 45-jähriger Ingolstädter tödlich verunglückt. Laut Polizei hatte er bereits vor einiger Zeit scheinbar einen unterirdischen Teil des Festplatzes, der ursprünglich zum Bau von U-Booten errichtet wurde, erkundet. Im Untergrund stürzte er dabei in vier Meter Tiefe, in ein dort befindliches Wasserbecken. Derzeitige Vermutungen gehen von einem Unfall aus. Die Leiche wurde von Ortsansässigen gefunden.

Nach Angaben des Eigentümers, der nicht genannt werden möchte, ist das Bauwerk ordnungsgemäß als Ruine gekennzeichnet und für Unbefugte gesperrt. Auch die Personen, die die Leiche fanden, haben sich offensichtlich unberechtigt Zugang verschafft. Die Polizei wies in diesem Zusammenhang nochmals auf die Gefahren hin. Immer wieder kommt es zu solchen Aktionen, auch im Zusammenhang mit den sogenannten Geocaching-Events.

Thomas H. war schon seit einiger Zeit nicht mehr auf seinem Handy zu erreichen, so dass ihn seine Mutter schließlich als vermisst gemeldet hatte. Der 45-Jährige war allein unterwegs und dies wohl auch nicht zu ersten Mal. Mehrfach zuvor hatte er bereits solche Erkundungstouren durchgeführt.

Keine Namen! Das war gut! Und vor allen kein Hinweis auf mich. Das war noch besser! Von Ortsansässigen war die Rede, damit konnte mich keiner in Verbindung bringen. Ich hatte also keinen Zwang, direkt zu handeln.

In einem Punkt schon, schoss mir durch den Kopf. Wie sollte es mit dem bereits angekündigten Geocaching weitergehen? Ich allein war es, der alles vorbereitet hatte, im Internet als ‚Veranstalter' stand und nun entscheiden musste, ob eine Absage für den kommenden Samstag überhaupt noch möglich war. Ein immenses Feedback gab es in den einschlägigen Internetportalen. Die Leute wollten kommen und hatten bereits Verabredungen zur Anreise getroffen. Manche Namen bzw. Nicknames klangen geheimnisvoll. Würden vielleicht einige Zeitzeugen die Gelegenheit nutzen und zu ihrer alten Wirkungsstätte zurückkehren? Eins war klar: Der Einstieg als finales Ziel fiel aus! Wenn, dann musste schnell ein neues Ende in den Ablauf eingebaut werden. Und: Was konnte mir passieren im Hinblick auf die laufenden Ermittlungen der Polizei? Die ersten beiden Verstecke, am Bahnhof und am

Denkmal erschienen mir unproblematisch, denn sie lagen im öffentlich zugänglichen Bereich. Es musste also nur ein neuer Abschluss her, der jedenfalls nicht zu neuem Ärger führen durfte. Wovon hatte Horst erzählt? Von den Losungen an der Wand des Blockes III. Ein Teil der Seeseite hatte man schon eingerüstet und begonnen den Putz abzuschlagen. Dabei waren an den Stürzen im Erdgeschoss dunkelrote Flächen zum Vorschein gekommen, die offensichtlich in der Zeit, da die Blöcke noch unverputzt waren, als eine Art Wandzeitung gedient hatten. Darauf waren die alten Losungen ans Licht gebracht worden. Hier könnte ich die Suche enden lassen. Eine besondere, geheimnisvolle und historische Stelle. Das könnte passen. Am Gerüst oder besser noch in der Fensteröffnung wäre das Logbuch gut zu verstecken.

Also machte ich mich gleich am Abend zu einem weiteren Gassi-Spaziergang auf, um die Situation vor Ort nochmals zu checken. Natürlich führte mich mein Weg über den Festplatz bis in Sichtnähe des Tatortes von gestern. Ich konnte es schon von weiten sehen. Etwas hatte sich verändert seit dem letzten Mal. Die Beamten oder der Eigentümer waren tätig geworden. Nun sollte wohl keiner mehr in die Versuchung kommen, hier in den Untergrund zu gelangen. Es musste etwas Besonderes da unten sein! Der Einstieg war wieder verschlossen und zusätzlich hermetisch gesichert!

In Gedanken versunken ging ich weiter und stand vor dieser wirklich historischen Sehenswürdigkeit auf der Seeseite des ursprünglichen Blockes III: Und da war sie, die Inschrift:

FDJ'ler! Erfüllt den Schwur der III. Weltfestspiele der Jugend! Seid standhafte Patrioten!

‚Das passt', murmelte ich vor mich hin.

„Was machen Sie hier?", hörte ich plötzlich eine Stimme aus der Ruine."

„Ich gehe nur spazieren und schaue mir diese interessante Inschrift an."

„Das ist Privatgelände hier und deshalb ‚Betreten verboten'. Außerdem natürlich Baustelle, jederzeit könnte ein Stein von oben geflogen kommen."

„Sind Sie hier der Eigentümer?"

„Nicht von dem Ganzen", lachte er, „sondern nur von einem kleinen Stück hier im zukünftigen Haus VERANDO."

„Davon habe ich schon gehört. Hier wird als nächstes weitergebaut."

Er schien eigentlich nett zu sein und aus dem Hintergrund tauchte nun auch seine Frau auf. Offensichtlich waren sie auf einer Baustellenbesichtigung.

„Wie lange dauert es denn noch, bis die Wohnung fertig ist?"

„Na, die fangen von oben an und da wird unsere Maisonetten-Wohnung hier unten als letztes fertig. Der Spruch über unserer Terrasse ist nicht schlecht, oder?"

„Ja super, und deshalb hatte ich da so eine Idee", tastete ich mich vor.

„Es soll die Tage ein Geocaching stattfinden und ich dachte mir, diese Sehenswürdigkeit wäre ein würdiges Ziel für die Leute."

„Wie, steht das etwa schon so im Internet drin?"

„Nein, mir ist ein anderes Ziel ‚ausgefallen' und jetzt bin ich nur kurz auf die Suche nach einer neuen Möglichkeit gegangen."

„Und was bedeutet so ein Geocaching an Menschenauflauf und anderen Unzulänglichkeiten?"

„Ja, eigentlich weiter nichts, außer dass hier irgendwo ein sogenanntes Logbuch zum Eintrag versteckt werden müsste."

Der Mann und seine Frau schauten sich kurz an.

„Na komm, eigentlich ist es doch nicht so schlimm und unsere zukünftige Ferienwohnung erlangt gleich eine besondere Berühmtheit", beschwichtigte sie.

„Also noch ist ja Baustelle und wir haben die Wohnung noch nicht übernommen. Die Hoheit hat zur Zeit der Bauträger. Vielleicht sollten Sie da sicherheitshalber nachfragen. Wir haben erstmal nichts dagegen. Anschließend wird das ja alles wieder gelöscht, oder?"

„Ja ja, das ist nur einmalig und dann, sobald dieser Event vorbei ist, kommt alles wieder raus. Warum haben Sie hier in Prora eine Wohnung gekauft?"

„Das hat verschiedene Gründe."

„Wegen der Steuerabschreibung?"

„Nicht nur deswegen, ich habe zu Ostzeiten hier mal gedient in Prora."

„Was, Sie sind ein echter Zeitzeuge?"

„Ich war nur ein Vierteljahr hier zur Reserve, oben im letzten Block bei der Jugendherberge."

„Das ist ja interessant."

Ein bisschen kamen wir ins Gespräch und er erzählte mir etwas aus seiner Erinnerung zum Leben in der Kaserne Prora.

„Wie war das so, hier in Prora zu dienen?"

„Erstmal war es, egal wo man hin musste, überall erlebte man eine Zäsur im Leben eines jeden ‚Männlichen' in der DDR. Es bestand Wehrpflicht und kaum einer hatte die Chance sich dem zu entziehen."

„Ging das überhaupt?"

„Aus gesundheitlichen Gründen vielleicht, aber dazu hätte man schon ‚mit dem Kopf unterm Arm' zur Musterung erscheinen müssen, wie es damals im Volksmund so hieß." „Warum Reserve?"

„Als erstes musste jeder junge Mann die anderthalb Jahre Grundwehrdienst ‚runter reißen' und danach kamen dann die Einberufungen zur Reserve."

„Und wie oft war das so?"

„Uns wurde hier erklärt, dass die geburtenarmen Jahrgänge dazu führen würden, etwa alle vier Jahre mit einer solchen ‚Maßnahme' rechnen zu müssen."

„Und warum hier in Prora?"

„Ich habe erst später hier vor Ort erfahren, dass in Prora in den 80en verschiedene Reserveeinheiten des sogenannten Militär-Transtransportwesens der NVA gebildet wurden."

„Militär-Transportwesen?"

„Das war so eine besondere Einheit, die aus Bauregimentern bestand und eigentlich nicht zum Ministerium für Nationale Verteidigung sondern zum Minister für Bauwesen gehörte."

„Merkwürdig, sowas gab es auch?"

„Ja, es gab so einiges in der DDR, von dem man nichts wusste."

„So wie hier in Prora."

„Ganz genau, auch mein Vater hatte spontan gesagt: ‚Prora, da sollte ein KdF-Bad von den Nazis gebaut werden und das haben die Russen nach dem Krieg alles weggesprengt'."

„Ich habe alte Karten gesehen. Da ist von Gebäuden wirklich nichts zu sehen."

„Genau, Prora war als Militärstandort in der DDR weitgehend unbekannt. Eggesin zum Beispiel kannte fast jeder, aber Prora..."

„Und wie lief das ab, wenn man zur Reserve musste, mit der Anreise hierher ins Niemandsland?"

„Man fuhr mit dem Zug in Zivil zunächst bis nach Lietzow, dem Umsteigebahnhof für den Personenzug noch Prora. Es war Winter. Von Mitte Januar bis Mitte April lautete mein Einberufungsbefehl. Na und dann am Bahnhof Prora warteten sie schon, die sogenannten ‚Weißgürtel' (Militärstreife). Da wurde dann im Zug durchsortiert. Wer sollte auch im Winter sonst im Zug sitzen."

„Ist ja wirklich interessant. Und dann, was musstet ihr Reservisten dann machen in dem Vierteljahr?"

„Zum Anfang hatten wir gedacht, wir werden auf der riesigen Baustelle in Mukran eingesetzt. Schließlich waren wir Baupioniere und hatten die anderthalb Jahre im Straßenbauregiment gedient. Da war der Hafen-Bau naheliegend."

„ Baupioniere? Straßenbau?"

„Ja, kaum zu glauben, aber unsere Einheit in Neuseddin bei Berlin hat mit den 18 Monate Zwangsdienenden nichts anderes gemacht, als Straßen gebaut."

„Dann wart ihr Bausoldaten?"

„Nein, das war etwas völlig anderes. Die Bausoldaten oder Spatensoldaten haben sich getraut, den Dienst mit der Waffe in der NVA zu verweigern. Das war etwas komplett anderes und eine richtig große Nummer. Mit Auswirkungen wie ‚kein Studienplatz' und Ähnlichem."

„So etwas gab es auch?"

„Auch das ist so ein fast unbekanntes Geheimnis der DDR. Wenn es uns normalen Armisten schon schlecht ging, dann wurde den sogenannten ‚Spatis' richtig übel mitgespielt. Sie waren auch oben im letzten Block, ganz am Ende, da wo jetzt die Jugendherberge ist."

„Wie war das so mit denen zusammen in einer Kaserne?"

„Wir haben sie nicht allzu viel gesehen. In Mukran beim Hafen-Bau mussten sie 12-Stunden-Schichten schieben jeden Tag. Da waren wir als Reservisten natürlich viel besser dran."

„Und was musstet ihr die ganze Zeit machen, wenn ihr nicht mit auf der Großbaustelle eingesetzt wart?"

„Die meiste Zeit regierte Langeweile. Raus durften wir nicht und Alkohol in der Kaserne strikt verboten."

„Ganz anders als im Westen."

„Ja, aber natürlich sind wir auch auf dem einen oder anderen Weg an diese einzige ‚Droge' der DDR herangekommen."

„Und dann musste heimlich getrunken werden?"

„Dazu musste man gute Verstecke kennen. Wir sind, gerade an den Wochenenden, in alle möglichen Lokalitäten eingestiegen, unten in den Kellern oder wo auch immer."

Wieder mal wurde ich hellhörig. Die Soldaten kannten sich bestimmt am besten aus auf dem Gelände der Kaserne.

„Wie viele Soldaten und Bausoldaten waren denn in Prora?"

„Ich habe mal versucht eine grobe Rechnung anzustellen, da ich immer mehr Leute treffe, die davon erzählen, in Prora gedient zu haben. Also es sollen 10.000-15.000 Armisten jährlich in allen Regimentern stationiert gewesen sein. Und dann haben sie zirka einmal jährlich gewechselt. Das würde bedeuten, in den dreißig Jahren NVA-Geschichte, 300.000 bis zu einer halben Million Menschen aus der DDR kennen Prora, von innen als Kaserne. Schon eine gewaltige Zahl. Bei den Spatensoldaten, die erst in den 1980er Jahren dazu kamen, waren es vielleicht 2.500 insgesamt."

„Sie scheinen sich gut in Prora auszukennen und so einiges über die Geschichte zu wissen."

„Wie gesagt, ich habe mich nach der Wende etwas intensiver als vielleicht andere mit Prora beschäftigt, vieles gelesen und gehört. Da fängt man schon an, sich das eine oder andere selbst anzuschauen und zu hinterfragen."

„Ich bin auch im letzten Block, also jetzt in der Jugendherberge als Ferienjob. So langsam fange ich auch an, mich für Prora zu interessieren. Ist schon ein magisches ‚Örtchen'."

„Und ein schönes Örtchen! Egal was in der Vergangenheit war, wird auch das Neue einzigartig."

„Sind Sie noch länger hier?"

„Wir machen ein paar Tage Urlaub und schauen gleichzeitig nach der Baustelle."

„Wäre ja toll, wenn wir uns irgendwie noch mal treffen würden und weiter über Prora reden könnten."

„Mal sehen, ob es sich irgendwie ergibt."

„Wo sind Sie untergekommen?"

Meine Fragerei schien ihn langsam zu nerven.

„Vorne im Haus AURUM, was anderes ist ja noch nicht fertig."

Eine weitere Unterhaltung konnte für mich nur Neues und Wissenswertes hervorbringen.

„Wenn ich mit dem Hund Gassi bin und Sie zufällig auf der Terrasse sehe, komme ich einfach mal ran. Dann kann ich auch gleich erzählen, wie die Sache mit dem Geocaching ausgegangen ist."

Leider kam in diesem Augenblick der Bauleiter hinzu. Ich kannte ihn ja schon von der ‚Gerüchteküche'.

„Ach der junge Mann, der sich für den U-Boot-Hafen interessiert."

„Ich habe nur mal gefragt, weil so viel darüber erzählt wird."

Nun schauten alle mich an. Wurde mir so langsam nicht mehr die gespielte Rolle des zufällig Interessierten abgenommen?

Zum Glück ging es nun um verschiedene Details der Ferienwohnung und so konnte ich mich ohne weitere Verstrickungen aus dem Gespräch verabschieden.

Ein ehemaliger Reservist konnte auch interessant, oder aber mit seinem Wissen zu einem weiteren Konkurrenten für mich werden?

Immer wieder ging es, egal mit wem man spricht, um das Eigentum an bestimmten Teilen der Anlage. Manchmal hilft dann auch der nüchterne Blick auf die Eigentumsverhältnisse, wirksam und entscheidend bei der (Er)klärung der Interessenlage und hintergründigen Aktivitäten zu unterstützen. Auch hierzu musste ich mir aus den verschiedensten Quellen einen Überblick verschaffen. Einiges davon schien klar.

Der heute sogenannte Block 0 (Block I) und das umliegende Grundstück ist verpachtet und wird seither durch das Sozialwerk der Bundeswehr exklusiv als Ferienobjekt genutzt.

Die bestehenden Blöcke 1 und 2 (II und III) haben einige Eigentümerwechsel hinter sich. Zunächst kaufte Ulrich Busch, immer wieder in Verbindung mit seinem Vater, dem bekannten und überaus markanten Arbeitersänger und Schauspieler Ernst Busch („Und wenn der Mensch ein Mensch ist, dann soll er essen, bitte sehr...") genannt, für 455 T€ diese Immobilien zusammen mit einem österreichischen Partner. Dann hat er den Block 1(II) mit erheblichen Gewinn an die Berliner Gesellschaft IRISGERD weiterverkauft, die jetzt begonnen hat, Ferienwohnungen auf höchsten Niveau zu vermarkten. Eine wundersame Verzehnfachung des Preises ist dabei innerhalb weniger Jahre eingetreten. Spätestens dadurch wird offenbar, dass die angebliche Wertlosigkeit der Blöcke nicht richtig sein kann. Das erste „Stück" von Prora scheint also klar.

Der heutige Block 2(III) wurde nur teilweise weiterverkauft und befindet sich im Besitz verschiedener Baugesellschaften, die über Teilungen an die zukünftigen Eigentümer weiter veräußern bzw. Wohnungen zur Miete anbieten. Aber auch hier sind die Verhältnisse offenbar geklärt und es kann mit den entsprechenden Auflagen des Denkmalamtes gebaut werden.

Etwas komplizierter stellt sich die Situation beim Block 3(IV) und dem dazugehörigen sogenannten Querriegel dar. Die Inselbogen GmbH i.G. war die erste Eigentümerin in 2004. Danach vollzog sich ein für Außenstehende nur schwer zu durchschauendes Szenario mit Rechtsstreitigkeiten und Insolvenzen. Viele Museen hatten sich als Mieter schon ab 1994 in der Hoffnung langfristiger Verträge hier angesiedelt und es entstand die so benannte Museumsmeile. Heute ist davon nichts oder nicht mehr viel zu besuchen. Das später entstandene NVA-Museum dominiert heute den Block mit einer Ausstellung nach Art eines „Gemischtwarenladens" und findet in der Fachwelt nur wenig Zuspruch. Immerhin sind über die Jahre beachtliche Besucherzahlen realisiert worden. Für die 100.000en von ehemaligen Armisten das markante Anlaufziel, um sich an die Kasernenzeit zu erinnern und Verwandte und Bekannte „staunen" zu lassen. „KulturKunststatt Prora" lautet der frei interpretierbare Untertitel auf den Werbeschildern. Die neue Eigentümerin duldet auch ein weiteres Museum im Querriegel, das „Dokumentationszentrum Prora" mit immer wieder befristeten Mietverträgen. Eine Groß-Diskothek und eine Gaststätte in der landseitigen Verlängerung der Festplatzbebauung sind über die Jahre hinzugekommen. Bestehen hier noch irgendwelche Befindlichkeiten?

Block 4 (V) ist wiederum klar. Die Leipziger Firma Bauart hatte ihn ersteigert und baut hier nach und nach Wohnungen.

Der Block 5 (VI) anderseits erscheint nur auf den ersten Blick geklärt, wirft aber bei näherer Betrachtung viele Fragen auf. Er ging an den Landkreis Rügen und wurde mit einer Erbbaupacht an das Deutsche Jugendherbergswerk weitergereicht. Entstanden ist gerademal die JHB auf einem Drittel und ein weiteres Museum befindet sich beim Stranddurchgang, hier eher provisorisch untergebracht. Für weitere Projekte fehlt immer wieder das notwendige Geld, so dass im Hintergrund zunehmend häufiger über den Verkauf an private Investoren diskutiert wird. Auch hier könnten noch verschiedene Interessen im Verborgenen wirksam sein. Im Jahr 2003 schien es manchen so, als sollten vollendete Tatsachen geschaffen werden. Das große Event „Prora `03" brachte 15.000 Jugendliche mit Sonderzügen nach Prora (2006 bei einer Wiederholung nochmal rund 6.000)! In Zelten auf den großen Rasenflächen vor Block 5(VI) waren sie untergebracht. Da aber das Erdgeschoss in den Blöcken als Veranstaltungsort genutzt werden sollte, wurde vieles aus den intakten Gebäuden entfernt, die Fenster ausgebaut oder die Scheiben rausgeschlagen, auch funktionierende Installationen zerstört. Welche Folgeschäden entstehen dadurch? ‚Das sind die Abrissvorbereitungen' meinten einige Sachverständige und auch so mancher Einheimische. Nun Wind und Wetter ausgesetzt, würde zwangsläufig die Statik beeinträchtigt. Nur 10 Zentimeter Spannbeton, darüber eine Schicht sogenanntes Steinholz von vielleicht 3 Zentimeter (eine holzmehlartige Trittschalldämmung) und dann noch dünner Estrich zeigt der Fußbodenaufbau. Tatsächlich soll der Bürgermeister von Binz in 2006 die Aufhebung des Denkmalschutzes und den Abriss einzelner Blöcke gefordert haben. Heute zeigt sich beeindruckend die Widerstandsfähigkeit der Stahlbetonkonstruktion. Alle baustatischen Untersuchungen bestätigen die Stabilität und der neue Fußboden wird bei den laufenden Rekonstruktionen auf die alten Decken aufgebaut. Bei der Entkernung zeigt sich auch, wie gut alles ‚durchgehalten' hat.

Ein Querschnitt durch den Fußbodenaufbau oberhalb des Spannbetons. Die oberste Schicht mit integrierter Scheuerleiste wird zusätzlich durch Generationen von Bohnerwachs aus der NVA-Zeit gegen eindringendes Wasser geschützt.

Die ursprünglichen Blöcke VII und VIII stellen sich bei genauerer Untersuchung als geheimnisumwobenstes Teilstück der Gesamtanlage heraus. Relativ unbemerkt wurden bereits 2004 die Ruinen nebst Grundstücken an eine Firma aus Liechtenstein, gerüchteweise namens „Multimarktforschung" versteigert. Eine solche Veräußerung ohne bekannten Verwendungszweck erscheint bemerkenswert und gleichsam unverständlich. Zudem gibt es seit nunmehr 10 Jahren keine weiteren Aktivitäten hinsichtlich Baugenehmigungen oder Nutzungskonzepten. Teilweise wird bereits von einer Briefkastenfirma gesprochen. Wer steckt dahinter und welche Ziele werden hier verfolgt?

Nach einer gefühlten, angenehmen Ewigkeit von fast drei Wochen mit Frau Müller ‚allein zu Haus', kam die von ihr wahrscheinlich lang ersehnte Bekanntgabe:
„Morgen kommt er wieder nach Hause", überraschte mich Frau Müller eines Abends bei meiner Einkehr.
„Das ist ja toll, wie lange war das jetzt?"
„Erst das Krankenhaus und dann die kurze Reha, aber viel zu lange", verkündete sie gut gelaunt.
„Na, da freue ich mich ja für Sie, dass es nun endlich soweit ist."
„Danke, ich hatte gar nicht mehr so richtig daran geglaubt." Ich konnte ihre Freude verstehen, aber für mich bedeutete es wieder eine Umstellung des eigentlich ‚ohne ihn' schöneren Alltags mit Frau Müller.
„Und Sie denken bitte daran, nichts erzählen von der Sache mit seinem Hund", rief sie mir am nächsten Morgen als Erinnerung noch hinterher.
Und tatsächlich, als ich abends zurückkam, war alles wieder beim Alten. Die Wohnzimmertür einen Spalt offen, er in seinem Sessel und der Hund daneben. Doch nun passierte ein kleines Wunder: Er stand auf und kam in den Flur. Erstmals stand ich ihm so Auge in Auge gegenüber. Es folgte eine recht steife Danksagung:
„Vielen Dank für Ihre Hilfe", und er reichte mir die Hand.
Fast hätte ich geantwortet ‚Ich diene der Deutschen Demokratischen Republik', so wie ich es, in den NVA-Zeiten bei Belobigungen und Beförderungen vorgeschrieben, gehört hatte. Konnte er nicht anders als in dieser zackigen Offiziersart, oder steckte Frau Müller dahinter? Hatte er den Satz auswendig lernen müssen?
„Wie geht es Ihnen?"
Jetzt kam doch noch etwas aus ihm heraus.

„Ich bin wieder etwas besser beieinander, wird aber noch dauern."

„Dann können Sie ja auch wieder mal raus, spazieren gehen oder so?"

„Nein", blitzte es aus seinen Augen, „das wird nicht gehen." Konnte er wirklich nicht raus gehen oder wollte er nur niemanden treffen da draußen? Sein Hund war auch mit aufgestanden und gleich zu mir gekommen. Jetzt schwänzelte er um meine Beine. Herr Müller wurde stutzig. Seine Blicke sagten: ‚Hat der Hund sich etwa ein neues Herrchen gesucht'?

„Sie haben sich wohl angefreundet? Vor ein bis zwei Jahren bin ich mit ihm noch viel rausgegangen. Jetzt muss das immer meine Frau erledigen."

„Na vielleicht kann ja auch mal der Herr Propars…?"

Die Augen von Herrn Müller blitzten nicht nur, sie schlugen jetzt Blitze in Richtung seiner Frau.

„Der Peter ist ein guter Junge. Das hast du ja wohl auch gemerkt."

Zum ersten Mal erlebte ich Frau Müller ein bisschen forsch gegenüber ihrem Mann.

„Da reden wir dann später noch mal drüber."

Mehr war ihm nicht zu entlocken.

Die Projekt- und Bauphase bis zum Beginn des Zweiten Weltkrieges, die Zeit während des Krieges und kurz danach bis zur Nutzung als Kaserne hatte ich bisher bereits untersucht. Danach folgte die Zeit des militärischen Sperrgebietes. Dazu liefen meine Recherchen über mögliche Zeitzeugen und ehemalige Offiziere. Und was ist kurz nach der Wende passiert? Auch dazu benötigte ich einen Überblick aus verschiedenen Quellen, sodass ich später möglicherweise alles zu einem einheitlichen Bild zusammenfügen könnte.

Noch vor der Wende wurde eine Doktorarbeit über den Architekten von Prora geschrieben. Die Verteidigung fand bezeichnenderweise am 11.11.1989 statt. Hierzu hatte ich mir große Hoffnungen gemacht, neue Erkenntnisse zu gewinnen. Frau Dr. Petra Leser konnte in ihrer wissenschaftlichen Arbeit aber nicht auf das KdF-Bad in Prora eingehen, da sie keinen Quellen- Zugang erlangte und wie bekannt keine Unterlagen im Nachlass des Architekten vorhanden waren. Umsonst also mein Studium dieser Arbeit und die Erstellung eines Exposés.

Bis zum 3. Oktober 1990 lief der normale Kasernenbetrieb der NVA. Zwar mit einigen Auflösungserscheinungen, aber das bestehende Regime der Militärs hatte noch die Oberhand.

Am 4. Oktober 1990 fand der letzte große Appell anlässlich der Auflösung der NVA und Übernahme des Standortes durch die Bundeswehr auf dem heutigen großen Parkplatz vor Block IV bzw. 3 statt. Danach stand für den Standort Prora die Frage im Raum, ob eine weitere Nutzung als Kasernenstandort erfolgen sollte, oder eine Schließung bevorstand.

Ebenfalls im Jahr 1990 fand in Prora ein bemerkenswertes Ereignis statt. Angela Merkel, bis zum Ende der DDR als stellvertretende Regierungssprecherin tätig, kandidierte im nordöstlichen Wahlkreis. Sie lebte zwar nicht hier, strebte aber ein Bundestagsmandat an und suchte deshalb einen passenden Wahlkreis. Zu dem damaligen märkischen CDU-Vorsitzenden, Peter Michael Diestel, bestand bekanntermaßen kein gutes Verhältnis. Und so war es Günther Krause, der damalige CDU Landesvorsitzende in Mecklenburg-Vorpommern, der geholfen haben soll. Zwei Namen, die eine überaus vielschichtige Entwicklung in der Nachwendezeit genommen haben. Ob zur Unterstützung Helmut Kohl in jener Zeit ‚telefonierte', ist nicht übermittelt und könnte den Legenden von Prora zugeordnet werden. Auf alle Fälle fiel die Entscheidung, wer für den damaligen Wahlkreis 256 antreten sollte, hier in Prora auf der Insel Rügen, in der Kaserne der NVA, höchstwahrscheinlich in einem Saal des Blockes 4(V), also der „Offiziersschule für ausländische Kader". Frau Merkel kandidierte und außerdem zwei Personen aus den alten Bundesländern. Es kam zur Stichwahl, so gegen Mitternacht, viele der Teilnehmer sollen damals schon gegangen sein und letztlich siegte Frau Merkel mit gerade mal 14 Stimmen Vorsprung. Der Rest der weiteren Entwicklung ist bekannt. Manche vermuten, Frau Merkel habe seit der damaligen Zeit ein gestörtes Verhältnis zu Prora. Sie ist nie wieder hier gewesen, obwohl sich viele Chancen geboten hätten, in ihrem bis heute bestehenden Wahlkreis. Andere ergänzen, sie hätte durchaus die Möglichkeiten gehabt, das notwendige Geld für eine Sanierung des Objektes oder anderweitige Nutzung „bereitstellen zu lassen", wenn man nur an die vielen anderen Großprojekte denkt (zum Beispiel den autobahnähnlichen Ausbau der B 96 auf Rügen).

Bereits 1991 gab es verschiedene Aktivitäten neben der Hauptfrage einer weiteren militärischen Nutzung. Der Sohn des ehemaligen Oberbauleiters Heinrich tauchte in Prora auf und wollte zusammen mit niederländischen Partnern eine weitgehende Vollendung des Bauwerks anstreben. Dazu wurde 1992 ein Konzept, angeblich auf Basis der alten Pläne, vorgelegt. Was weiter daraus wurde, ist nicht bekannt. Warum war er vor Ort? Welche alten Pläne wollte dieser Vorschlag benutzen? Es gab doch keine?!

Ebenfalls im Jahre 1991 kam der ehemalige Bauleiter Hans Schulten nach Prora, besichtigte die Anlage und führte zusammen mit Heinrichs Sohn verschiedene Gespräche in Binz. Gab es hier eine Verbindung?

Hinsichtlich der Nutzung als Kaserne wurde ziemlich schnell deutlich, dass der Standort von der Bundeswehr aufgegeben werden sollte. Wer wäre dann der neue Eigentümer? Wer war der Rechtsnachfolger der Organisation Kraft durch Freude?

Kurz nach dem Krieg gab es bereits die gleiche Fragestellung, als die neue Einheitsgewerkschaft der DDR, der FDGB (Freier Deutscher Gewerkschaftsbund) kurzzeitig versucht hatte, das KdF-Bad als Urlaubsobjekt zu übernehmen. Aber die DDR brauchte dringend Kasernen für die Aufstellung und Unterbringung der Kasernierten Volkspolizei, später der Nationalen Volksarmee. Da der Standort schon von der Sowjetarmee genutzt wurde, waren die Würfel schnell gefallen und damit die militärische Nutzung für die nächsten Jahrzehnte besiegelt.

Noch bis 1992 waren Soldaten in Prora stationiert. Dann war endgültig Schluss mit der militärischen Nutzung. Parallel erfolgte schon die Übergabe der Liegenschaft vom Bund an das Land und hier an die Ober-Finanzdirektion Rostock als neuer Eigentümer. In der nächsten Zeit fand die komplette Räumung hinsichtlich aller militärischen Nutzungen statt. Was dies bedeutete, hat ein ehemaliger höherer Offizier in einem späteren Interview wie folgt beschrieben: Der Befehl lautete ‚besenreine Übergabe' und damit war im Soldatenverständnis die tatsächliche, komplette Vernichtung aller Mobilien aus der NVA-Zeit unwiederbringlich beschlossen und wurde auch so ausgeführt.

Die nächsten Monate und Jahre waren gekennzeichnet durch die verschiedensten Zwischennutzungen und die Unsicherheit des neuen Eigentümers, was aus dem Objekt allein wegen der schieren Größe und insbesondere der doppelten dunklen Vergangenheit entwickelt werden sollte. Mit dem Status eines Denkmals ab 1994 waren die Optionen Abriss, Teilabriss bzw. Rückbau nicht mehr möglich. In der Denkmalliste des Landkreises Rügen kann jeder unter der Eintragung Nr. 501 vom 12.01.1996 nachlesen, was es als Denkmal zu schützen gilt:

„*Prora, ehemaliges KdF-Bad als Gesamtanlage mit allen Freiflächen, allen Unterkunftsbauten (einschließlich der Ruinen), zentralem Platz, südlichem Gemeinschaftshaus mit Empfangshalle und Festsaal, Kaianlage, zwei RAD (Reichsarbeitsdienst)-Wohnlagern, zwei Angestelltenwohnhäusern (Poststrasse), Postgebäude, Bauleiterhaus und Hauptwache.*"

Die ausländische Presse schrieb zu dieser Zeit, treffender als so manche deutsche Zeitung, sinngemäß:

‚*Aber anders als in Hitlers Tagen , als die angeblichen Zwecke des Gebäudes deutlich genug waren, ist die Frage für ein neues Deutschland: Was tun sie mit einem Nazi-Relikt, das zu groß und zu beladen mit Symbolik um es zu zerstören, aber zu ungeheuer, um es leicht zu nutzen.*

Die Zeit der Studien, Untersuchungen und neuen Konzepte begann. So z.B. in 1996 dann mit der sogenannte S.T.E.R.N.-

Studie. Die Gesellschaft für behutsame Stadterneuerung, die schon zu Teilen von Berlin-Kreuzberg Studien vorgelegt hatte, errechnete einen hohen dreistelligen Millionenbetrag für die Sanierung, davon die Hälfte aus der öffentlichen Hand. Spätestens dann wurde wohl klar, dass eine wie auch immer geartete Nutzung ohne private Investoren, nicht möglich sein würde.

Als besonders interessant für mich als Architekten stellte sich die Dokumentation zu einer längeren Klausur im Jahre 1996 heraus.

„Zimmer mit Aussicht, Potenziale eines Ortes auf Rügen" ist die Unterlage zu der Entwurfswerkstatt überschrieben. Fünfundsechzig Studenten der Architektur kamen nach Prora, um zusammen mit zehn Architekten in ca. zwei Wochen verschiedenste Ansätze über mögliche Nutzungsszenarien des sogenannten „Koloss von Rügen" zu diskutieren. Völlig frei sollten hier in Gruppen Ideen entwickelt werden, die gegebenenfalls für ein ganzheitliches Konzept weiter entwickelt werden könnten. Etwas stutzig machte mich dabei eine kleine Liste von Sponsoren, die dieses Projekt ideell und materiell unterstützten: Industrie Gruppe Gipskartonplatten, Brilllux, WIDIA, Hagemeister, Tepper und Knauf. Immerhin könnte es zukünftig auch um z.B. ca. 27.000 Türklinken und 9.000 Toilettenschüsseln gehen, die zu erneuern wären.

Letztlich wurde auch in dieser Klausur ein wahrscheinlicher Finanzbedarf in bereits bekannter Höhe von 300 Millionen Euro berechnet. Die immense Geldsumme und das Drängen verschiedenster Investoren, aber auch das Streben des Eigentümers, sich der zusehends verfallenen Immobilie und der damit verbundenen materiellen und ideologischen Obliegenheiten zu entledigen, führten dann wohl zu den ersten Verkäufen in private Hände.

Für den vorletzten Sonntag im August war das Geocaching-Event angesetzt. Ich hatte mittlerweile etwas Spaß an der ‚Ausrichtung' gefunden und wollte es nicht ganz so einfach machen. Beginnen sollte die Sache als Mystery-Geocache, d.h. um die Koordinaten der Startposition zu erhalten, musste zunächst ein Rätsel gelöst werden. So stand im Internetportal:

‚Welcher Bahnhof in Prora trug zu DDR-Zeiten keinen Namen? An diesem Bahnhof bitte aussteigen und nach der Möglichkeit suchen, diesen zu erwerben'.

Damit war der Hinweis auf das Schild mit dem Verkaufsangebot im Fenster des Bahnhofshäuschens gesetzt. Neben diesem Schild in der Tür befand sich dann, getarnt, ein sogenannter Spezialbehälter. Dafür hatte ich noch eine alte, ausgediente Kaufland-Einkaufstüte, die von außen so schmutzig aussah, dass sie keinem Muggle (Nichtgeocacher) auffallen würde, sich jedoch für den Eingeweihten als Versteck offenbaren sollte. Hierin deponierte ich die Koordinaten der zweiten Station. Das Denkmal von Otto Winzer am KDL zum Block 4(V). Diesmal ohne Rätsel. Hinter dem Denkmal stationierte ich zwischen die dort stehenden leeren Blumenvasen eine alte Schnapsflasche, in der sich der letzte Tipp befand.

Suche auf der Seeseite der südlichen Blöcke die FDJ'ler!

Damit müsste die Losung am Haus VERANDO zu finden sein. Das Logbuch als „Final" legte ich unter einen Stapel alter Mauersteine, der so neben der Öffnung einer zukünftigen Terrassentür platziert war, dass er ins Auge fallen musste. Recht zufrieden mit dieser Anordnung begab ich mich schon am frühen Morgen zum Bahnhof und bezog ‚Position'. Ein Stück abseits befanden sich die Reste einer Verladerampe und daneben eine Bank. Hier konnte ich sitzen und unauffällig den Wartenden mimen. Neugierig fieberte ich nun darauf, welche Resonanz der Event gefunden hatte und wie sich der Ablauf für mich als Beobachter darstellen würde. Als Startzeit war 9:00 Uhr angegeben. Kurz danach traf der erste Zug aus Stralsund ein. Ziemlich viele Leute stiegen aus, die meisten gingen in Richtung Strand. Ein kleines Grüppchen von jungen Menschen blieb auf dem Bahnsteig stehen, augenscheinlich um sich zu orientieren. Ich hatte von meinem Beobachtungsposten einen guten Blick auf die Szene. Nach einigem Hin und Her samt Getuschel in der Gruppe gingen sie schnurstracks auf das Schild im Fenster zu, dann nach links zur Tür, das erste Versteck war schnell gefunden. Nach dem sie sich offensichtlich die Koordinaten des nächsten Verstecks notiert hatten, legten sie gemäß der Geocaching-Regeln die Tüte wieder zurück an den vorgesehenen Platz. Nun stand für mich die Frage, ob ich mit dieser ersten Gruppe, natürlich in einigem Abstand, zu den weiteren Versteckten mitlaufen, oder besser hier weiter abwarten sollte. Der nächste Zug kam erst in einer Stunde, sodass ich etwas Zeit hatte. Einziges Risiko könnten Teilnehmer sein, die nicht mit dem Zug, sondern zu Fuß oder mit dem Auto eintreffen würden. Diese sollten mir dann aber auf dem Rückweg entgegenkommen. Also entschied ich mich, zunächst die erste Gruppe weiter zu beobachten und folgte ihnen. Schnell waren die paar hundert Meter bis zum Denkmal zurückgelegt. Die scheinbar erfahrenen Geocacher fanden den nächsten Hinweis ohne Probleme und diskutierten nun eine Weile, wie sie auf die Suche zum „Final" gehen sollten. Als sie in Richtung Kaimauer aufbrachen, machte ich mich auf den Rückweg zum Bahnhof. Ob sie am Ziel angekommen waren, würde ich später im Logbuch sehen können. Die Gruppe wirkte auf mich eher unauffällig hinsichtlich möglicher anderer ‚Personen', die ich immer im Hinterkopf hatte. Es erschien mir nicht unwahrscheinlich, dass sich auch andere, „besonders Suchende" als Teilnehmer tarnen könnten. Grundsteinsucher? Als ich pünktlich zum nächsten Zug wieder am Bahnhof ankam, sah ich dort auf einer anderen Bank Lutz und Toni sitzen. Was machten die hier? Klar hatten wir darüber gesprochen, aber es war jetzt mein Event und nicht mehr das der Gruppe.

„Was macht ihr denn hier?", fragte ich daher recht forsch.

„Dürfen wir nicht schauen, wie die Sache so läuft?"

„Da seid ihr spät dran, die erste Gruppe ist schon durch. Wollt ihr auch suchen gehen?", versuchte ich die Situation zu entschärfen.

„Natürlich nicht", polterte Lutz mal wieder aus sich heraus. „Nur mal gucken, wer hier so alles kommt."

„Ja, wen erwartet ihr?"

„Niemand Speziellen, aber ist doch interessant, wer hier so aufkreuzt."

„Ist denn in der Zwischenzeit noch jemand hier gewesen?"

„Nein, nicht das wir wüssten."

„Ich warte hier noch bis zur angegebenen Zeit, also 12:00 Uhr. Mal sehen, wie viele noch kommen."

„Wo hast du denn das Ende gesetzt?"

„Natürlich nicht am Einstieg! Der ist ja auch wieder verschlossen und gesichert."

„Und wo dann?"

Eigentlich wollte ich mich mit den beiden gar nicht mehr unterhalten nach den letzten Ereignissen. Andererseits erschien es mir nicht sonderlich klug, mir Toni und Lutz, wie von Ihnen angekündigt, tatsächlich zu Feinden zu machen.

„Über das Denkmal am KDL Block V geht es zum Block III an eine freigelegte Losung. Da ist dann Schluss", antwortete ich kurz angebunden in meiner Blocklogik.

„Du willst nichts mehr mit uns zu tun haben, oder?"

„Das habe ich ja wohl eindeutig am Einstieg gesagt. Hat euch Horst doch bestimmt gleich erzählt. Euer großer Investor ist an dem Tag auch nicht gekommen."

„Doch, er war ja da, aber schon wieder weg, als du kamst."

Ich schüttelte nur den Kopf und dachte ‚Alles Lügen'.

„Ich glaub das alles nicht mehr. Allzu lang ist meine Zeit hier in Prora nun auch nicht mehr. Dann fahre ich lieber unverrichteter Dinge wieder ab, als mit euch noch weiteren Ärger zu bekommen."

„Überlege es dir genau, ohne uns funktioniert das nicht. Alleine kommst du nicht voran. Hast du doch an dem Toten gesehen."

Ein kurzes Schaudern lief mir den Rücken hinunter. Wieder eine Drohung oder nur der allgemeine Hinweis, dass man nicht alleine in die Unterwelt einsteigen sollte? Aber ich ging nicht darauf ein.

„Ist da eigentlich noch was von der Polizei gekommen?"

„Ach da kommt bestimmt nur eine Anhörung und dann verläuft sich die Sache sozusagen ‚im Ostseesande'", malte er die Anführungszeichen in die Luft.

„Mir hat das jedenfalls gereicht und deshalb steige ich ja auch aus."

„Wir treffen uns bestimmt noch mal", sagte Lutz zum Abschied, beide standen auf und gingen ohne Gruß in Richtung Binz. Etwas nachdenklich und wütend ließen sie mich am Bahnhof zurück. Die nächsten eintreffenden Züge brachten keine weiteren Geocacher hervor, so dass ich mich fast entschloss, den Event ganz einfach dadurch zu beenden, indem ich den ersten Hinweis hinter der Tür entnahm. Die anderen Stationen

konnte ich später auf dem Rückweg bearbeiten, da ohne Starthinweis kein weiteres Suchen mehr möglich gewesen wäre. Den letzten Zug vor 12:00 Uhr wartete ich dann doch noch ab, um nicht von weit Angereiste zu enttäuschen. Aber auch jetzt schien niemand mehr zu kommen. Die Tüte war entnommen und gerade als ich mich umdrehte, sah ich eine Person den Bahnsteig entlang kommen.
Es war der Wünschelrutengänger!
Er ging möglichst unauffällig auf das Versteck am Bahnhofsgebäude zu, suchte und suchte, blickte sich dabei immer wieder um. Nach kurzer Zeit wurde ihm offensichtlich klar, dass hier nichts mehr versteckt war. Er drehte sich um und war schnell hinter dem Häuschen verschwunden.
Was wollte er hier?

Am gleichen Sonntag fand auch eine große Veranstaltung der Jugendherberge statt. Das jährliche Street Soccer Turnier der Kinder und Jugendlichen lockte immer wieder Tausende von Besuchern an. Nicht nur die Herberge selbst, sondern auch der riesige Zeltplatz war voll belegt. Ich hatte mich bereit erklärt, ab mittags zur Verfügung zu stehen. In der Turnhalle gegenüber standen die Fußball-Kleinfelder, das Turnier schon in vollem Gange, als ich endlich eintraf. Drumherum erfreuten sich Teilnehmer und Besucher an dem Rahmenprogramm mit Hüpfburgen, verschiedenen Imbissständen und allem, was sonst noch dazugehört. Meine kurze Nachfrage bei der Herbergsleitung, wo ich am besten helfen könnte, ergab nichts Erfreuliches. ‚Bitte kümmere dich um das Wasch- und Toilettenhaus auf dem Zeltplatz. Dort sieht es wegen den vielen Leuten wirklich schlimm aus'. Wohl oder übel machte ich mich auf den Weg. In den nächsten Stunden war ich mit den Reinigungsarbeiten so beschäftigt, dass ich gar nicht mehr an das heute Erlebte gedacht hatte. Es war ein ständiges Kommen und Gehen wie in einem Ameisenhaufen. Nur vorübergehend konnte ich Teile der wirklich großzügigen Anlage absperren, um dann mit einem heißen Hochdruckschlauch das Gröbste zu beseitigen. Automatisch fängt man an, die Leute in ihrem Verhalten zu beobachten. Einige zeigten sich verständnisvoll und wollen später wiederkommen, andere latschten einfach über die nassen Flächen. Ich fühlte mich in das Schicksal einer Toilettenfrau versetzt und versuchte das Beste daraus zu machen. Um das Sanitärhaus herum befand sich ein Schleppdach, unter dem einige Sitzbänke standen. Hier war der meiste Betrieb. Leute kamen, stellten ihre Sachen ab oder warteten auf andere. Ein ständiges Gewusel. Immer auf den einigermaßen geordneten Ablauf bedacht, scannte ich die Szenerie dauernd wieder durch. Plötzlich blieb mein Blick wie erstarrt an einer Konstellation hängen. Auf der letzten Bank etwas abseits saßen, halb verdeckt von der Menschenmenge, zwei mir besonders bekannte Personen, die aber irgendwie hier nicht her gehörten: Der Vieti und der Wünschelrutengänger ins Gespräch vertieft, so dass sie mich nicht bemerkten. Schnell wandte ich mich wieder den Arbeiten im Inneren zu. Und schon kreisten sich alle Gedanken wieder um das Thema. Was hatte dieses Zweiertreffen zu bedeuten? Hatten sie sich hier verabredet, um in der Menge unerkannt zu bleiben? An jeder anderen Stelle in Prora oder auch in Binz wäre ein solches Inkognito-Treffen nicht lange unbemerkt geblieben.

In der Empfangshalle am Festplatz ein Menschenauflauf. Viele in Uniformen. Fahnen im Hintergrund. Kinder. Die Presse ist vor Ort, sogar Kamerateams haben Aufstellung genommen.
„Wir präsentieren Ihnen heute den Grundstein von Prora. Lange wurde er gesucht und jetzt endlich ist er gefunden worden."
Neben dem Redner eine geöffnete Kiste auf einem Podest. „Die Kiste ist ja schon geöffnet worden" ruft ein Reporter aus dem Hintergrund.
„Warum? In der Ankündigung stand doch, dass sie erst hier und heute feierlich im Beisein der Öffentlichkeit geöffnet werden soll."
„Sie können versichert sein, dass wir die Kiste unter Zeugen geöffnet haben."
Wer ist das, der da sprach? Der Kurator des Prora-Museums?
„Die Geschichte von Prora muss neu geschrieben werden!"
„Wieso?", fragt wieder einer in die Runde.
„Die Unterlagen müssen noch genauer gesichtet werden, aber eins scheint klar: Die gefundenen Pläne sagen eindeutig, dass es hier nicht um Urlaub und Erholung ging. Es war ein getarnter Kriegsbau. Die U-Boot-Durchfahrt und andere militärische Interessen standen bei der Planung und beim Bau im Vordergrund. Die Blöcke sollten allesamt als Kaserne genutzt werden. Ähnlich wie beim KDF-Wagen in Wolfsburg war von vornherein klar, dass es nicht um die besseren Lebensbedingungen für die Menschen ging, sondern nur um den Schein. Kraft durch Freude mit seinen Schiffen und auch die Seebäder boten eine optimale Tarnung."
„Aber was bedeutet das jetzt?"
„Wir möchten das ja heute nicht vorwegnehmen, aber streng genommen muss bzw. kann der Denkmalschutz aufgehoben werden."
Betretenes Schweigen in der Halle.

„Dann kann ja alles abgerissen werden", ruft wieder jemand aus der Runde. Es ist der Wünschelruten-Mann.

„Wenn das so ist, heißt das doch, der Urzustand ist wird wieder hergestellt und das Grundstück geht an uns zurück."

Wer hat das gesagt? Von der Seite kann ich ihn als Silhouette im Halbdunkeln erahnen:

Malte von Putbus!

„Ich habe am 30. Juli 1935 das Grundstück nicht an die Nazis verkauft. Ich wurde erpresst und bedroht. Im Hotel Fürstenhof in Saßnitz waren der Ley und jede Menge Uniformierte von der SA dabei. Ich wurde so unter Druck gesetzt, dass ich an jenem Tag auf einem Fetzen Papier und mit einem Handschlag zwar zugestimmt hatte, aber gleich in den nächsten Tagen, Wochen und auch Monaten versucht habe, diesen schmutzigen Deal wieder rückgängig zu machen. Aber es war zu spät. Noch nicht einmal Geld habe ich dafür bekommen."

Stille.

„Jetzt zeigen Sie uns doch endlich mal die Baupläne", mahnt ein TV-Reporter an. „Wir müssen den Leuten doch etwas zeigen können."

„Die Unterlagen sind nicht im besten Zustand. Wir würden sie gerne erst restaurieren lassen."

„Aber irgendetwas müssen Sie doch zeigen können. Wir sind doch heute nicht hergekommen, um uns eine Kiste zeigen zu lassen. Da kann ja sonst was drin sein. Wo wurde sie überhaupt gefunden?"

„Sie war die ganze Zeit hier tief im Dünensand auf dem Festplatz vergraben wie ein Schatz."

Ein Pirat steht daneben und tätschelt die Kiste. Hat er sie gefunden?

„Das geht doch gar nicht, so viel wie dort schon gesucht wurde, wäre sie längst gefunden worden."

Das ist Lutz, der da spricht. Ich habe ihn noch gar nicht bemerkt. Der Kurator, in Bedrängnis geraten, entnimmt nun doch ein Paket mit sauber zusammengefalteten und mittels Kordelband verschnürten Bauplänen aus der Kiste. Er will diese Veranstaltung offensichtlich nicht aus den Fugen geraten lassen. Mit einigen Umständen ist das Paket dann endlich aufgeschnürt und ein Bauplan von überdimensionaler Größe entfaltet sich vor den Anwesenden. Alle rücken ein Stück vor, um etwas sehen zu können.
Ich stehe da, wie ein stiller Beobachter der Szene und sehe mich neben Frau Glotz stehend rufen:
„Das sind doch Fälschungen! Die sind nicht echt!"
Und Frau Glotz nickt zustimmend.
Schweißgebadet schrecke ich hoch.
Was war das? Einige Sekunden hat es gedauert, bis mir klar wurde:
Ein Tagtraum!
Nach dem Event bei der Jugendherberge hatte ich mich aufs Bett gelegt, nur um etwas nachzudenken. Was sich das Gehirn im Schlaf so alles aus Erlebtem und der Fantasie zusammenbaut. Es erschien alles so logisch. Die anwesenden Personen, die gefundene Kiste und der große Auflauf, den ihr Fund auslösen musste. Die Anordnung der Anwesenden entsprach der Aufstellung von der Grundsteinlegung. War in diesem Traum die Lösung oder ein neuer Ansatz versteckt? Gingen nicht berühmte Wissenschaftler in voller Absicht mit einem Problem ins Bett, um am nächsten Morgen mit der Lösung aufzuwachen? Das Gehirn arbeitet ungestört am besten und kann Synapsen völlig neu verknüpfen. Was konnte ich also aus diesem sehr anstrengenden Traum für meine Suche ableiten?

Eines Abends, etwas früher als sonst, kam ich in der Nordstrasse an. Nur wenige Stunden später sollte dieser letzte Mittwoch in Prora nicht mehr ein ganz normaler Abend, sondern der Tag mit den zuvor noch unglaublichsten Ereignissen werden, Mittwoch, der 27.August 2014. Wie immer war das Fenster von meinem Zimmer angekippt. Plötzlich hörte ich Stimmen aus der Wohnung. Hatte ich die Tür zum Flur offen gelassen? Es waren die Müllers. Beim Streiten? Unbewusst blieb ich stehen und konnte ungewollt ein paar Wortfetzen hören.

„Jetzt sag es … doch…"

„Ich stehe unter Schweigepflicht…"

„Gegenüber wem?"

„Das spielt für einen Soldaten keine Rolle…."

„Dass ich nicht lache…."

„Offiziers-Ehre…."

Dann knallte eine Tür, entweder vom Wind, oder hatte sich Frau Müller gegen ihren Mann stark gemacht? Das hätte ich ihr nicht zugetraut, da sie sonst eher den Eindruck eines treuen Dieners, oder vielleicht sogar eines Untergebenen machte. Welche Informationen sollten an wen gegeben werden?

Sicherheitshalber wartete ich noch einige Minuten vor der Tür und schloss dann erst auf. Frau Müller war mir gegenüber wie immer freundlich, nichts deutete auf einen vorangegangenen Streit hin. Sie hatte sogar eine wichtige Information für mich:

„Mein Mann hat erlaubt, dass Sie wieder mit dem Hund gehen dürfen."

Ich war völlig überrascht und wusste zunächst nur eine kurze Antwort:

„Toll, das freut mich aber."

„Wo gehen Sie eigentlich mit dem Hasso immer hin beim Gassi gehen? Das will mein Mann noch wissen, denn unser Kleine ist ja auch nicht mehr der Jüngste."

„Eigentlich immer nur eine kurze Runde am Mittelstück und da ein bisschen rum."

„Ach so, dann ist die Sache ja in Ordnung."

Also ging ich noch später an diesem Abend meiner neuen, eigentlich alten und sofort wieder vertrauten Aufgabe nach. Regelmäßig hatte ich es auch schon riskiert, beim Gassi gehen die Leine los zu machen. Das war nie ein Problem, Waldi kam nach einem kurzen Pfiff immer sofort wieder zurück. Heute nun, kaum losgelassen, rannte er wie von der Tarantel gestochen weg und ließ sich nicht zurückrufen. Mir blieb nur eins: Hinterher! An dem mit kleinen Birken bewachsenen Teil der südlichen Freitreppe des Festplatzes fand ich ihn dann wieder. Er buddelte wie verrückt bei den vom Wind erbauten kleinen Sanddünen an den Klinkersteinen herum und ließ sich nicht davon abbringen. Nach einiger Zeit hatte er eine Tüte aufgebracht und apportierte sie wie ein gut erzogener Hund bis in meine Hand. Ohne einen besonderen Hintergedanken habe ich interessiert nachgesehen, was er mir scheinbar unbedingt bringen wollte. In der unscheinbaren Tüte befand sich tatsächlich etwas:

Ein Zettel mit merkwürdig aussehenden Druckbuchstaben beschrieben:

HEUTE ABEND 22 UHR STANDORT BLOCK V OFFENES FENSTER IM HOF ZWISCHEN TH 5 UND 6 IN DER G- SACHE, ALLEINE!

Es war mittlerweile später Abend, draußen hatte sich schon die Dunkelheit breitgemacht. Nun machte ich mich auf den Weg. Nur die Straßenlaternen aus den NVA-Zeiten an den Treppenhäusern flackerten mit dem summenden Geräusch der Neonröhren. Was hätte ich noch mitnehmen sollen, außer der „Wegbeschreibung"? Letztlich entschied ich mich für eine kleine Taschenlampe und natürlich hatte ich mein Smartphone dabei. Zumindest wollte ich einige Fotos machen, um dieses mysteriöses Ereignis dokumentieren zu können. Es ging also in Richtung Block V, dem Ort der ehemaligen Terroristenausbildung. Hier sollte ich, wie auf dem Zettel geschrieben, in den Hof zwischen den Treppenhäusern 5 und 6 gehen. Nach der Anweisung befand sich hier ein Fenster im Erdgeschoss, über das wahrscheinlich der Einstieg ins Gebäude möglich wäre. In dieser Situation kamen mir meine Skizzen zu den Blöcken zu Nutze. Sonst hätte ich mich kaum orientieren können. Aber woher wusste der Schreiber des Zettels, dass ich es finden würde? Die vielen Fenster im Erdgeschoss sahen alle gleich aus. Das kannte ich schon. Zur Sicherung gegen unberechtigtes Betreten waren die Öffnungen der durchgängig zerstörten Fensterscheiben mit Spanplatten von innen verschraubt worden. Mit der Taschenlampe leuchtete ich die gesamte Fensterfront ab. An einer Stelle stand ein alter umgedrehter Emaile-Eimer, sodass sein Boden als Tritt dienen könnte. Das musste die Stelle sein. Auf dem Eimer stehend konnte ich mich auf den Fenstersims hochziehen, um den weiteren Weg zu erkunden. Die Spanplatte ließ sich an der einen Seite aufdrücken, sodass ein schlanker Mensch geradeso durchpasste. Ich musste aber höllisch aufpassen, weil der Fensterrahmen rundherum mit Glassplittern versehen war. Mit einem kräftigen Abstoß vom Eimer schwang ich mich ganz auf den Fenstersims, drückte die Spanplatte beherzt beiseite und sprang nach kurzen Ausleuchten ins Innere des Gebäudes. Es war nicht nur unwirklich, sondern auch unheimlich das Knistern der Glassplitter unter den Schuhen zu hören, zumal der modrige Geruch das Gefühl einer Gruft vermittelte. Hier endete bereits die Wegbeschreibung, ich leuchtete herum. Was sollte hier sein? Ein Treffpunkt? Die Pappe auf dem Sims hätte ich fast übersehen.

Mit der gleichen Schrift standen dort die nächsten Kommandos: ‚Wenden Sie sich nach Norden bis zum nächsten Treppenhaus. Hier finden Sie an der Wand ein Bild von den Raketentruppen'. Es war schnell gefunden und ein Foto gemacht.

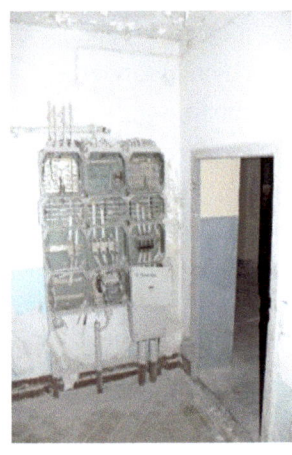
Und weiter: ‚Daneben ein alter Sicherungskasten und eine Tür'. Hier angekommen fand ich sofort den nächsten Wegabschnitt. ‚Gehen Sie die schmale Treppe hinunter in den Keller und laufen wiederum in Richtung Norden bis zum nächsten Treppenhaus'. Die ebenfalls aus Beton gegossenen Stufen waren trotz ihrer Härte stark ausgetreten. Wie viele Soldatenstiefel werden wohl mit ihren Tritten eine derartige Abnutzung geformt haben? Jetzt war ich in den Katakomben der Anlage. Ich schritt auf und im einzigartigen Fundament von Prora voran. Oben an der Decke verliefen die alten Versorgungsleitungen und der Gang machte immer wieder

U-förmige Knicke, sodass ein Ende nicht zu erkennen war. Erstaunlich trocken war es hier unten, die Betonschalungen und Isolierungen hatten offensichtlich die letzten Jahrzehnte gut überdauert. An der nächsten schmalen Treppe nach oben sollte ich laut Anweisung bis ins zweite Obergeschoss gehen. Mein Gefühl wurde noch seltsamer, weil ich nun ohne Taschenlampe, nur mit dem von außen einfallenden, fahlen Lichtschein voranschritt. Der Lichtkegel hätte mich sonst verraten können. Wer konnte schon wissen, ob sich noch jemand draußen auf der Objektstraße herumtrieb. Tatsächlich befand sich hier im 2.OG das große Wandgemälde aus der Kasernenzeit: Ein überdimensionales Periodensystem als nächste Landmarke.

Das Periodensystem der Elemente als Großflächen-Bemalung mit dem Bildnis des Begründers Lothar Meyer.

Jetzt sollte ich wiederum in Richtung Norden bis zu einer Wand gehen, die den Flur in die anderen Gebäudeteile unterbrach.

Schon von weiten konnte ich ein mir bekanntes Gesicht erkennen. Wieder ein schnelles Foto.

Albert Einstein und die Zeitdilatation als Teil seiner Relativitätstheorie: Warum läuft die Zeit bei hoher Geschwindigkeit langsamer?

Hier am Einstein-Bild endete die Wegbeschreibung. Was sollte hier nun passieren? Im Sichtschutz des Treppenhauses traute ich mir, kurz die Taschenlampe zu benutzen. An der markantesten Stelle, über den Mund von Einstein geklebt, entdeckte ich dann einen weiteren Zettel. Genau an der Stelle, wo sonst die ausgestreckte Zunge von seinem bekanntesten Foto ihn von berühmter machte. Also war mein Weg immer noch nicht zu Ende, vielmehr hatte der Schreiber offensichtlich verhindern wollen, dass ich schon zu früh bei meiner Suche den Standort unserer Verabredung ermitteln konnte. Spielte hier jemand mein Spiel mit mir? Mystery-Geocaching? Auf dem

Zettel stand: ‚Gehen Sie im Treppenhaus ein Stockwerk tiefer, dort finden Sie ein ‚Bild der Lehrgebiete'. Noch ein Foto für meinen Rückweg. Erstaunlich diese einzigartigen Wandbemalungen, die einer Ausstellung würdig wären. Wer hatte all diese Kunstwerke in der Kasernenzeit angefertigt?

Auch diesen nächsten Punkt meines Orientierungslaufes fand ich ohne Probleme. Nun sollte ich in Richtung Süden auf dem breiten Wandelgang bis zur nächsten doppelseitigen Schwenktür laufen. Ich befand mich im 1.OG mit der breiten Rue Intérieure. Als ich mich langsam dem nächsten Hinweis näherte, fragte ich mich immer wieder, warum diese Schwenktür der letzte Punkt des Weges auf diesem Zettel war. Die Schwenktür war zugeklappt und ließ sich nur einen Spalt aufdrücken. Instinktiv drückte ich wieder für ein Foto. Die Ursache war schnell gefunden. Ich wurde stutzig. Mit einem Fahrradschloss war die Tür durch die Löcher der eingeschlagenen Scheiben an der Innenseite des Rahmens von der anderen Seite verschlossen worden. Erst nach einigem Rütteln musste ich einsehen, dass es hier nicht weiterging. Oder sollte mein Weg hier enden?

„Da sind Sie ja, kein Foto mehr!", sagte eine leicht verstellte männliche Stimme.
„Ja klar, ich hab zwar eine Weile gebraucht, hab's aber doch gefunden".
„Ich wusste, dass Sie es schaffen würden. Sie dürfen mich nicht sehen und müssen mir ein Versprechen geben: Nutzen Sie meine Informationen nur so, wie ich es Ihnen auftragen werde."
„Aber ich weiß ja nicht, wer Sie sind und was Sie damit meinen. Warum darf ich Sie nicht sehen?"

„So können Sie später nie sagen, von wem Sie die Information erhalten haben und ich kann ein vor langer Zeit gegebenes Versprechen halten."

Ich kam mir vor wie in einem Beichtstuhl. Auf einer sitzt der Priester, auf der anderen der Sündige. Nur, wie waren die Rollen hier verteilt? Wollte er beichten? Sollte ich beichten, was ich hier in Prora trieb?

„Welche Information haben Sie denn?"

„Sie suchen doch die Grundsteinkiste? Ich will Ihnen sagen, wo Sie den Grundstein finden können."

War das eine neue Spur? Oder die Lösung?

„Ich möchte Ihnen jetzt eine Geschichte erzählen. Ja, der Grundstein wurde am 2. Mai 1936 auf dem geplanten Gelände des Festplatzes gelegt - einfach so, irgendwo in der Düne hat man eine Art Altar aufgebaut, um so zu tun, als ob es ein Teil des Fundamentes wäre."

Ich hörte auf der anderen Seite ein schweres Atmen. Das Sprechen strengte ihn an. Und: Ich kannte doch irgendwo her dieses Geräusch.

„Ein paar Tage später fand eine Geheimaktion statt."

Hiervon musste also der Mann vom Gräberfeld erzählt haben.

„Die Grundsteinkiste wurde wieder unter den Granltplatten hervorgeholt und das Gelände notdürftig angepasst. Deshalb denken heute viele, wenn sie auf diese Reste stoßen, sie hätten den Ort gefunden."

„Ja und dann?"

„Bitte unterbrechen Sie mich nicht. Die Kiste wurde ins „Kurhaus Prora" nach Binz gebracht. Dort hatte sich damals der gesamte Baustab des KdF-Bades einquartiert."

„Warum" fragte ich trotzdem wieder dazwischen.

Er machte eine kurze Pause, scheinbar um mir klarzumachen, dass er keine weiteren Unterbrechungen in seinem Monolog mehr wünsche.

„Mit dem eigentlichen Baubeginn mussten ja auch die massiven Fundamente in das Mittelstück eingebracht werden. Sie waren ja fast selber mal dort unten."

Also auch das wusste er, er musste all meine Aktivitäten kennen.

„Es ging um den Aushub für den langen Kanal."

Wieder machte er eine Pause, aber ich traute mich nicht, noch einmal zu unterbrechen. Das Sprechen fiel ihm zusehends schwerer.

„Ja, Sie haben es richtig recherchiert. Schon damals ging es darum, die Fundamente für eine U-Boot Durchfahrt zwischen der Kaianlage und dem kleinen Jasmunder Bodden einzubringen. Genau die Planung, die später nach dem Krieg von der DDR wieder aufgenommen wurde. Der Grundstein, also die Kiste, lag dann in einer Kellerkammer im Kurhaus Prora in Binz und wurde nach und nach vergessen. Dann kam viel später nach dem Krieg der Abriss des Kurhauses. Das gibt es heute nicht mehr. Ich war damals mit einigen Soldaten dabei. Beim Ausräumen standen da auf einmal diese Kiste und der ältere Herr, dem ich das Versprechen geben musste. Er war ein führendes Mitglied der Bauleitung gewesen und wollte nach dem Krieg verständlicherweise unerkannt bleiben. ‚Hüten Sie den Inhalt dieser Kiste, es kann Gutes und Schlechtes damit unternommen werden. Öffnen Sie diese nur, oder geben Sie die Kiste auschließlich jemanden, wenn Sie sicher sind, dass es zum Guten gereicht! Prora darf nicht untergehen'."

Wieder eine Pause.

„Ich war damals Offizier für Ausrüstung und hier gleich nebenan, im Mittelstück zwischen dem Block V und VI, also im

gedachten Gemeinschaftshaus bzw. dem, was davon vorhanden war, tätig. Dorthin habe ich die Kiste bringen lassen. Als die Halbruinen des Zwischenbaus durch uns bei der NVA weiter ausgebaut wurden, ergab sich die Gelegenheit, die Kiste in einer Ecke mit einzumauern. Dort liegt sie bis heute."
Jetzt musste ich doch noch mal dazwischen fragen:
„Und wo ist das genau?"
„Zuerst müssen Sie mir versprechen: Der Inhalt darf Oberstleutnant Miele nicht in die Hände fallen. Das ist meine Forderung: Nicht an Miele. Die wollen nur Geld machen und damit das alte Prora in den Untergang führen."
Jetzt klang seine Stimme fast böse und bestimmend.
„Wer ist denn bloß dieser Oberstleutnant Miele?"
„Sie haben ihn doch mit der Wünschelrute und auch mit seinem früheren Schüler gesehen."
Jetzt wurden mir einige Zusammenhänge klarer, aber sie erschienen nicht mehr wichtig genug, um nachzufragen.
„Warum haben Sie sie nicht selbst herausgeholt?"
„Wozu? Ich wusste ja nicht, wem ich sie geben könnte und musste sicherstellen, dass sie nicht in schlechte Hände gerät. Jetzt, die letzten Jahre bin ich zu schwach geworden und hatte schon fast gedacht, das Geheimnis mit ins Grab nehmen zu müssen. Aber irgendwann kommen auch an dieser Stelle unweigerlich Bauarbeiten und dann hätte irgendjemand die Kiste gefunden. Ihnen kann ich vertrauen."
Ich hatte kurz überlegt: Dieses Versprechen konnte ich ihm geben, denn ich hatte ja kein gemeinsames Interesse mit diesem Oberstleutnant und dem Vieti.
„Ja, ich verspreche es Ihnen! Die Hand können wir uns darauf ja nicht reichen" ergänzte ich noch schnell.

„Doch, stecken Sie Ihre Hand durch den Schlitz. Ich bin noch von der alten Schule. Ein Handschlag unter Männern gilt als ein Abkommen, das nicht gebrochen wird."
Also steckte ich meine rechte Hand vorsichtig durch den Schlitz zwischen den Türrahmen und schon spürte ich seine knochige Rechte. Einige Sekunden mag es gedauert haben, dann löste er den Handschlag. Jetzt musste die entscheidende Information kommen, doch ich traute mich nicht, schon wieder zu fragen.
Etwas später fing er nach einer gefühlten Ewigkeit wieder an: „Sie kennen doch den Weg zum Strand entlang des Giebels von unserem Block VI."
Schon wieder hatte er meine Nummernlogik der Blöcke verwendet. Vorher kannte er sie?
„Dort in der Nische, wo der Anbau des Gemeinschaftshauses einen rechten Winkel bildet, befindet sich ein gemauerter Teil direkt unter den alten Heizungsrohren, die damals auch verlegt wurden. Die richtigen Mauerteile sind leicht zu erkennen, ein Stein trägt die Prägung VEBZVI. Die Mauer ist nicht dick, nur ein Stein ist quer in der Tiefe gesetzt. Dahinter befindet sich ein Hohlraum. Und dort steht die Kiste seit damals."
Wieder war Ruhe auf der anderen Seite der Schwenktür. Er hatte mir scheinbar alles gesagt was er sagen wollte.
‚Und nun'? dachte ich und spürte plötzlich die Aufregung in dieser unwirklichen Situation wieder.
„Und jetzt warten Sie bitte, bis ich gegangen bin. Versuchen Sie nicht, mir zu folgen. Ich kenne mich hier immer noch besser aus als Sie. Nehmen Sie den gleichen Weg wieder zurück, sonst finden Sie nicht heraus."
Ich hörte noch ein mühsames Aufstehen auf der anderen Seite, er musste die ganze Zeit dort auf einem Stuhl oder Hocker gesessen haben. Die standen noch überall zur Genüge herum. Dann nur noch einige schlurfende Gehgeräusche und es war

gespenstische Stille. Er konnte nur direkt ins angrenzende Treppenhaus abgebogen sein und kannte logischerweise einen schnelleren Weg aus dem Block. So wollte er sich also einen zeitlichen Vorsprung verschaffen und hatte mich über seine Wegbeschreibung auf einen längeren Umweg geschickt. Auch ich fand schnell meinen Rückweg, ließ mir aber durchaus Zeit, um auch so dem Handschlag-Versprechen gerecht zu werden.
Als ich wieder in der Nordstraße im Quartier ankam, schloss ich wie immer die Wohnungstür auf und ging leise über den Flur in Richtung meines Zimmers. Die Wohnzimmertür stand einen Spalt weit offen…... .
Herr Müller saß in seinem Sessel wie immer. Und wieder hatte ich den Eindruck, als ob er mir aus dem Augenwinkel einen kurzen vielsagenden Blick zuwarf.
Er war es!
Das stand für mich jetzt fest!

Ab jetzt ging es in meinem Kopf nur noch um das eine. Ich hatte alles, was ich brauchte. Die entscheidende Information über die Lage des Grundsteins, besser sein Versteck. Aber eigentlich besaß ich sonst nichts. Ein Plan musste her.
Am nächsten Morgen war ich wieder sehr früh wach. Irgendetwas Wirres hatte ich wieder geträumt. Dieser Traum hatte kein gutes Ende genommen, ich schob diese Bilder lieber beiseite. Auf dem Weg zur Jugendherberge wählte ich den Weg über den magischen Ort und machte zunächst unauffällig ein Foto.

Das musste die Ecke sein! Zugewachsen mit allerlei rankenden Pflanzen, sah sie fast aus wie im Dornröschenschlaf. Mit diesen ersten Eindruck habe ich dann den ganzen Tag nur rein mechanisch meine Arbeit machen können. In Gedanken war ich nur noch bei meiner Schatzkiste. Dabei fing ich bereits an, eine Checkliste mit den wesentlichen Eckpunkten in meinem Kopf zu erstellen:

- Die Kiste ist zu schwer, um sie allein tragen zu können.
- Trotzdem muss ich die Aktion alleine durchführen. Keinem kann und will ich mehr vertrauen. Mein

nächtlicher Informant hat außerdem dazu meine Hand bekommen.
- Niemand darf mich dabei sehen.
- Das Timing: Die letzte Nacht vor meiner Abreise?!
- Mit meinem Kleinwagen komme ich nicht nah genug an die Stelle heran. Auf alle Fälle muss ein größeres Auto her, sodass ich die Kiste ohne Probleme und ohne Sichtbarkeit von außen verstauen kann.
- Den Wechsel meines Kfz würde niemand bemerken, weil ich seit Anbeginn bei der Jugendherberge parken musste. Alle Parkplätze in der Nordstraße sind 1:1 für die Hauptmieter reserviert.
- Außerdem benötige ich ein Transportmittel von der Fundstelle bis zum Auto.
- Ferner das passende Werkzeug, um die äußere Wand des Sarkophags öffnen, oder sogar niederreißen zu können.
- Des Weiteren brauche ich eine Verladekonstruktion.
- Und last but not least, das wichtigste. Die drei T's : Tarnen, Tricksen, Täuschen. Alle Nebenbuhler und Konkurrenten muss ich mir irgendwie vom Hals halten.

Als meine Person Peter in Bergen beim Baumarkt sah, wie er Seilwinden, Maurer-Pickel und alle möglichen Utensilien einkaufte, war klar, dass etwas Großes bevorstand. Es lag etwas in der Luft. Das große Finale des Dramas würde nicht mehr lange auf sich warten lassen. Man hatte eben immer so einige Informationen über alle Details. Aber nichts davon aus dem kleinen schwarzen Notizbuch. Einige Leute haben später behauptet, meine Person hätte heimlich darin gelesen. Das ist nicht richtig. Man muss nicht alles wissen, nur eins und eins zusammenrechnen können. Und auf Prora bleibt nichts auf

Dauer verborgen. Nur manche der alten Geheimnisse, die werden bleiben. Nichts bleibt den Rüganern unbekannt. Nur manchmal werden, wie bei der stillen Post, immer mehr Wahrheiten weggelassen und Halbwahrheiten dazu gedichtet. So entstehen Gerüchte, Legenden und Märchen. Die Wahrheit wissen ganz wenige oder sogar nur einzelne Personen.

Nach einem Auto soll er auch gefragt haben bei allen ansässigen Händlern. Richtig ist aber nur, er wollte bei einem mir bekannten Gebrauchtwagenhändler sein Auto in Zahlung geben und hat nach einem Jeep gefragt. Den wollte er am letzten Sonntag im August nachmittags abholen. Das ging aber nicht, so ist der Montag daraus geworden. Und nicht der Dienstag, wie manche später behauptet haben. Da wurde er zwar nochmal gesehen, aber hatte mit der Sache nichts mehr zu tun.

Bei meinem zweiten Besuch an der benannten Stelle auf dem Rückweg in mein Quartier, traute ich mich noch etwas näher an die örtlichen Gegebenheiten heran. Von zwei Seiten könnte jemand kommen. Einmal den langen Weg vom Strand hoch. Diese Strecke war einsehbar. Zum zweiten könnte ein zufälliger Passant, aber auch einer meiner Konkurrenten, von der Landseite direkt um die Ecke des etwa 5 Meter vorspringenden Gebäudeteils kommend, plötzlich das geheime Geschehen vor Augen haben. Und dann war da noch das Dach von Block VI. Von dort oben würde sich vielleicht ein kompletter Überblick auf die Szenerie erheischen lassen. Um meine Grabungsstätte der nächsten Tage aus der Nähe betrachten zu können, tat ich einfach so, als ob man dringend irgendwohin „Wasser lassen" muss. Und ich war weiß Gott nicht der erste. Üble Gerüche und jede Menge benutzte Reste von Tempo-Taschentüchern wiesen den stillen Ort als Stätte etlicher Notdurften aus. Aber ich durfte jetzt nicht zimperlich sein. Die Dornröschen-Büsche leisteten weniger Widerstand als in dem Märchen und ich kam bis an die Wand. Ein kräftiger Schlag mit der Faust sollte mir Gewissheit geben, dass es dahinter tatsächlich einen Hohlraum gab. Das Geräusch war für mich als Amateur leider nicht eindeutig. Stand die Wand nur unter Spannung, oder stimmten die Angaben meines Informanten nicht?

Wichtiger musste jetzt aber die Suche nach dem magischen Stein mit der Prägung sein. Einige Schichten der Verwitterung und des Moos-Bewuchses hatten sich über das unverputzte Mauerwerk gelegt. Nachdem einige Ranken vorsichtig beiseitegeschoben waren, benutzte ich einen kräftigen Stock als Bürste. Bei den ersten Steinen blieb ich ohne Erfolg. Erst nach weiterem, intensiven Reibens an der Wand, konnte ich ihn endlich deutlich erkennen: Den Geheimcode!

Das sollte es für den Moment gewesen sein. Mehr konnte ich heute nicht erreichen. Noch ein kurzer Rundblick, fast der eines Diebes oder Einbrecher, dann wollte ich mich zurückziehen. Und just in diesem Augenblick, wie flüchtig aus dem Augenwinkel, sah ich etwas auf dem Dach des Gemeinschaftshauses. War da jemand? Noch einmal schaute ich vorsichtig in diese Richtung. Nichts! Auf dem Weg in mein Quartier schwankte ich zwischen der realen Möglichkeit, dass mich jemand beobachtet hatte und der vagen Annahme, meine Sinne könnten unter der Anspannung auch die erste Fata Morgana produziert haben. Aber wenn da doch jemand gewesen war, wer? Eins stand für mich jetzt fest. Ich konnte nicht mehr so oft an diesen Ort gehen, am besten bis zur Nacht der Nächte gar nicht mehr. Da fielen mir die drei T's wieder ein. Ich musste eine falsche Fährte legen! Welche Stelle auf dem Riesengelände bot sich als Alternative, als Honigtopf für die Ablenkung meiner Widersacher an? Mir musste schnell etwas einfallen.

Völlig unerwartet rief Frau Glotz noch am späten Abend an. Ich war erschrocken, ihren Namen im Display zu sehen. Sollte ich rangehen? Gerade war ich noch mal rausgegangen, um an der Brandung der Ostsee auf klare Gedanken zu kommen. Sie

wollte doch nicht mehr mit mir weitermachen. Und „so rum" hatten wir noch nie telefoniert. Aber das Klingeln gab nicht auf.
„Hallo Frau Glotz, dass Sie mich anrufen...", machte ich meiner Überraschung Luft.
„Ich wollte Sie noch mal sprechen, um eventuelle Missverständnisse aus dem Weg zu räumen."
„Wie meinen Sie das jetzt?"
„Na so, wie ich es sage", klang der altbekannte Ton wieder durch.
„OK, die Situation zwischen uns war doch zuletzt geklärt, Sie haben mir das Mandat entzogen."
„Nein, ich glaube, das haben Sie nur falsch verstanden. Wenn Sie ihn wirklich finden, dann gilt unsere Abmachung natürlich."
„Wer sollte ihn denn sonst finden?"
„Also noch mal: Wenn Sie in finden, gilt unser Pakt. Aber suchen kann jeder doch immer", kam sie jetzt in einem Lehrer-Ton rüber.
Da, plötzlich ein Schiffshorn im Hintergrund. Wo war sie, von wo rief sie an? Meine Blicke schweiften beim Telefonieren über die Weite des Meeres. Und nicht weit vom Ufer, vielleicht der Fischer aus Binz mit seinem Boot. Wie zur Bestätigung erklang das Horn zum zweiten Mal. Es war ohne Zweifel wie ein Echo aus meinem Handy zu hören. Genau das gleiche Horn, Frau Glozu war hier irgendwo an der Prorer Wiek!
Ich versuchte nun, das Gespräch relativ normal wieder aufzunehmen.
„Ich hab's fast aufgegeben, den Standort des Grundsteins zu finden. Die Zeit rennt mir auch davon."
In meinen parallel laufenden Gedanken spielte sich ein ganz anderes Szenario ab. Ich hatte das Gefühl, jetzt ein mehrfach Verfolgter zu sein. Sie war also hierhergekommen und in

"meine Welt" eingedrungen. Eine völlig neue Situation, die ich noch nicht einzuordnen wusste.

"Ich wollte Ihnen nur die Sicherheit geben, falls Sie was finden, an wen Sie sich wenden müssen, äh, können…"

"Wieso sollte ich?"

"Respice finem", lautete jetzt ihr mit bedeutsamer Stimme vorgetragenes Statement. "Wo wollen Sie denn hin mit der Kiste? Sie wieder verstecken? Sie rufen mich dann an und ich regele den Rest. Mitbekommen tue ich sowieso so einiges. Vergessen Sie mich nicht!"

Frau Glotz war also aus ihrer Deckung gekommen. Die Ungewissheit, dass sie nicht im entscheidenden Augenblick an den Hebeln sitzen würde, hatte sie bis hier hoch auf die Insel getrieben. Mit dieser zusätzlichen Variante hatte ich niemals gerechnet. Und weiterhin wurde mir klar: Sie hatte scheinbar mehrere Eisen im Feuer. Aber welche? Ich konnte mich auf dem Rückweg nicht mehr erinnern, wie sie oder ich das Telefonat beendet hatten, so überrascht war ich von der vollkommen neuen Konstellation.

Jetzt begannen sich die Ereignisse zu überschlagen. Was in den ersten Wochen nicht so recht vorangehen wollte, passierte zusehends wie im Zeitraffer. Jede einzelne Aktivität wurde nun zu einem Teil meines Countdowns bis zum Tag X. Zum Setzen falscher Fährten hatte ich schnell zwei Ideen entwickelt. Viel Zeit blieb mir nicht mehr. Ich konnte davon ausgehen, dass ich bei allem was ich tat, unter Beobachtung stehen würde. Es war der letzte Samstag und ich hatte am Vormittag nochmals in der Jugendherberge gearbeitet. Die Abschiedsmodalitäten waren, bis auf eine, erledigt und ich ging danach nicht in Richtung meines Quartiers, sondern zum Block VII. Hier stand noch ein vorhandener Rest trotz der Sprengungen in den

Nachkriegsjahren. Eine komplette Liegehalle in gutem Zustand war erhalten geblieben, der Rest lag als Trümmer links und rechts daneben im Wald. Die Stahlbetonkonstruktion erwies sich als so stabil, dass sie in der Kasernenzeit sogar als Lagerhaus genutzt worden war. Als ich nach dem kurzen Fußweg dort ankam, drehte ich mich mehrfach um und stieg erst dann über den Sicherungszaun, der die gesamte Ruine umgab. Demonstrativ machte ich mich an der verschlossenen Eingangstür zu schaffen und rüttelte an den vergitterten Fenstern.

Um der Aktion noch mehr von dem gewollten Charakter zu verleihen, schoss ich noch einige Fotos und lief zweimal komplett um den Torso herum. Genauso „unauffällig", wie ich gekommen war, entfernte ich mich wieder von diesem Standort. Wenn mir jemand auf den Fersen war, dann musste es so wirken, als ob ich mich interessiert mit der Örtlichkeit und deren Gegebenheiten vertraut machen wollte. Unauffällige Schulterblicke hatten mich zwar niemand entdecken lassen, aber die riesige Freifläche des Zeltplatzes, der gleich neben der Objektstraße bis hin zu den Lagerhallen im Hinterland reichte, bot genügend Möglichkeiten einen geeigneten

Beobachtungsposten für Verfolger zu finden. Die erste falsche Fährte war gelegt. Als nächstes machte ich mich auf den Weg in Richtung Kaianlage. Die Ostsee hatte Niedrigwasser, also nicht eine Ebbe, so etwas kennt sie nicht wirklich. Vielmehr führt der sogenannte Badewanneneffekt immer wieder dazu, dass auch besonders niedrige Wasserstände auftreten. Mit meiner kurzen Hose konnte ich problemlos bis zur Sandbank und dann quer direkt vor die Kaimauer waten. Auch hier machte ich bedeutsam einige Fotos von der massiven Konstruktion.

Ein rund gemauertes Bauelement fiel mir dabei, auch im Zusammenhang mit dem Gedanken an den U-Boot Hafen, besonders ins Auge. Diese kleinen Geheimnisse waren nur bei Niedrigwasser zu entdecken. Konnte es sich um ein Teil der unter dem Wasserspielgel liegenden Einfahrten handeln?

Wie aus dem Nichts tauchte plötzlich eine Drohne auf. Sie flog vom Land her direkt über das Wasser, drehte, stand in der Luft fast genau über mir und kehrte langsam wieder zurück. Der Pilot musste irgendwo dort, nicht sichtbar in der Kaianlage stehen. Hatte mich nun der völlige Verfolgungswahn ereilt, oder stand ich tatsächlich unter der gewünschten Beobachtung? Langsam ging ich auf der Sandbank zur anderen Seite herüber und dann an Land direkt hinter der „Festungsmauer" wieder zurück. Außer einigen Urlaubern konnte ich keinen „Verdächtigen" ausmachen.
Zwei mögliche Suchorte hatte ich damit angeboten. Mehr konnte ich in diesem Augenblick als Täuschungsmanöver nicht machen. Zumindest hatte der tatsächliche Standort zwei denkbare Alternativen bekommen. So sprach ich mir selbst Mut zu.
In Gedanken ging ich nun meine möglichen Verfolger noch mal durch. Vieti und der Wünschelrutenmann, Oberstleutnant Miele, waren eine Koalition, welche auch immer, eingegangen. Horst stellte für mich den klassischen Mitläufer dar. Toni hatte ich als Erstkontakt der Gruppe getroffen. Danach war er kaum noch in den Vordergrund getreten. Lutz war die ganze Zeit der

Wortführer unter den vier. Aber welche Rolle spielte er im Hintergrund? Ihn konnte ich am wenigsten einschätzen. Spontan entschloss ich mich, Lutz noch mal anzurufen, um eventuell seine Motivation herausfinden zu können. Gleich nach dem ersten Klingeln ging er ran.

„Hallo Lutz, ich wollte mich zumindest noch mal kurz melden, bevor ich hier die Segel streiche."

„Wann bist du weg?"

„Na, jetzt Sonntag will ich dann los."

„Unverrichteter Dinge?"

„Was soll ich denn noch groß machen? Es hat scheinbar nicht sollen sein."

„Hast du nichts Neues mehr herausgefunden?"

„Viele erzählen Vieles, das kennst du doch."

„Du scheinst aber immer noch an der einen oder anderen Stelle herumzuschleichen", machte er kurz sein Insider-Wissen deutlich.

„Ja, ich hab da über drei Ecken noch eine ganz anderslautende Geschichte gehört. Es wird wohl erzählt, dass die Kiste gar nicht unter dem Festplatz liegt, sondern ganz woanders vergraben wurde. Von den Russen."

„Was soll das denn nun wieder bedeuten?"

„Weiß ich auch nicht, es hieß aber, sie könnte zwischen Block 5 und 6 vergraben sein."

Kurze Zeit war Ruhe am Telefon. Er schien verdutzt zu sein, wollte es sich aber nicht anmerken lassen.

„Ich bin da mal hin, hab aber nichts erkennen können, wo das sein soll."

Fast hätte man die Relais in seinem Kopf durch das Telefon rattern hören können. War es mir gelungen, noch einen Impuls, einem falschen Impuls, setzen zu können?

„Also willst du wirklich weg und wir können in aller Ruhe weiter suchen", versuchte er leicht provokativ wieder auf den Ursprung zurückzukommen.

„Genau, und wenn ihr ihn gefunden habt, werde ich es ja bestimmt in der Zeitung lesen."

Lautes Gelächter auf der anderen Seite.

„Und du wirst es dann bereuen, nicht mehr mitgemacht zu haben."

„Nichts für ungut, Lutz, wir haben uns nicht immer gut verstanden und manchmal sogar gestritten. Aber ich wollte zumindest noch mal durchgerufen haben."

„So ist es, man sieht sich immer zweimal im Leben, sagt schon ein altes Sprichwort."

War das jetzt nur so dahergeredet, oder schon wieder eine indirekte Drohung?

Am Sonntagvormittag verabschiedete ich mich nun auch von Herrn und Frau Müller und packte meine restlichen Sachen zusammen. Die Geheimunterlagen aus dem Kleiderschrank hatte ich schon nach und nach in den Tagen zuvor unauffällig zu meinem Auto gebracht. Der Abschied war recht herzlich, aber auch mit einer gewissen Formalität und mit vielen fragenden Blicken behaftet.

„Wir wünschen Ihnen alles Gute."

„Das wünsche ich natürlich auch. Und vor allem auch Gesundheit, Herr Müller."

„Ich hoffe, dass Ihnen die Zeit bei uns auch etwas gebracht hat", ergänzte Frau Müller mit einer nicht überhörbaren Doppeldeutigkeit.

„Ich habe auf alle Fälle viel gelernt und gesehen. Und auch ein bisschen Geld verdient. Vielen Dank noch mal für Alles", gab ich genauso vielsagend zurück.

Irgendwie hatte diese Szene nichts von einer Endgültigkeit. Es wirkte eher wie ein Abschied auf Zeit. Als ob eine Geschichte noch nicht zu Ende ist....

„Vielleicht sieht man sich ja mal wieder", brach dann auch als Freud'scher Versprecher aus mir heraus.

Ich streichelte noch mal den Hund, griff dann beherzt nach meiner Tasche, ging ein paar Schritte, drehte mich noch mal um und winkte ein letztes Mal. Das war geschafft!

Auf dem großen Parkplatz der Jugendherberge waren meine sieben Sachen schnell im Auto verstaut. Jetzt musste ich mein Auto so umparken, dass für alle, die es interessieren könnte, meine Abreise offensichtlich war. Also fuhr ich bis zu dem Autohändler, wo ich morgen meinen Jeep abholen wollte. Ein weiterer Punkt meiner drei T's. Alle würden denken, ich bin an diesem Sonntag abgefahren. Für meine tatsächlich vorletzte Nacht in Prora hatte ich noch einen Schlüssel von der Jugendherberge, den mir die schönste Küchenfrau überlassen hatte. Sie hatte scheinbar schon seit längerem einen Blick auf mich geworfen. Bisher hatten wir nur viel geredet. Als es aber in den letzten Tagen immer mehr um meine Abreise ging, versuchte sie mir wieder näher zu kommen. Zunächst mit Blicken, und nun auch mit Taten? Auf alle Fälle steckte sie mir eines Abends einen Schlüssel zu. Natürlich tat ich so, als ob ich nichts bemerkt hätte. Und genauso unauffällig probierte ich am nächsten Morgen, wo dieser Schlüssel wohl passen würde. Es war ein Gruppenschlüssel, der zu einem Seiteneingang der kleinen Kantine und einigen Nebenräumen passte. Auch ich hatte zwischendurch für meine Arbeit einen dieser Generalschlüssel gehabt und wusste, er passte auch für das Lager.

‚Du kannst ihn ja vielleicht mal gebrauchen', hatte sie dann an diesem Sonntagvormittag vieldeutig zu mir gesagt. Und danach noch etwas deutlicher so etwas wie ‚können wir ja dann zurücklegen, wenn wir ihn nicht mehr brauchen'. Nun wusste ich mir dieses Angebot zu Nutze zu machen. Unbemerkt, über die mir mittlerweile bestens bekannten Schleichwege, näherte ich mich dem, bei vielen unbekannten, Nebeneingang der Jugendherberge, kam, ohne dass mich jemand sah, bis zum Lagerraum im Erdgeschoss. Hurtig schloss ich die Tür von innen hinter mir wieder zu und lief durch bis zu den seeseitigen Fenstern. Von hier aus hatte man eine gute Aussicht auf die Rasenfläche zwischen der Fassade und dem Dünenwald. Und auch der Strandzugang war einzusehen. Da saß ich nun auf dem Fenstersims und dachte wieder über die nächsten Schritte nach. Die kommende Nacht würde ich hier auf den eingelagerten Matratzen verbringen können. So in Gedanken vertieft, entdeckte ich plötzlich einige mir wohl bekannte Personen. Lutz, Toni und Horst standen an der natursteinverkleideten Hochwasser-Schutzwand des Gemeinschaftshauses zwischen Block VI und VII. Dieser einzig davon erhaltene Teil war beim Bau der Jugendherberge aufgefüllt worden und so entstand eine Art Aussichtsplattform mit einem Denkmal und einigen Hinweistafeln. Hatte mir Lutz die Geschichte abgekauft? Und war er auf diese falsche Fährte aufgesprungen? In seiner Blocklogik war dies die Stelle zwischen Block 5 und 6. Aber in meiner, der ursprünglichen Nummerierung, war das richtige Versteck im Gemeinschaftshaus zwischen Block V und VI. Ich hatte ihm noch nicht mal die Unwahrheit gesagt. In den ersten Jahren nach dem Krieg befanden sich an dieser Stelle, an der die drei jetzt standen, eine Schießanlage sowie einige kleine Gebäude. Der Rumpf des Hochwasserschutzes diente als idealer

Kugelfang, weil er damals noch mehrere Meter über den Sand ragte. Eigentlich hätte diese Stelle wirklich ein sicheres Versteck darstellen können und Lutz verfolgte scheinbar jede Spur und jeden Hinweis, den er bekommen konnte. Es hatte offensichtlich funktioniert, zumindest für den Augenblick.

Den ganzen restlichen Tag musste ich mich nun in meinem Versteck aufhalten. Einmal zwischendurch schlich ich mich raus, weil ich noch etwas nachforschen wollte. Mit meinem Schlüssel gelangte ich auf das Dach der Jugendherberge, dort oben weiter zum Treppenhaus 1 und bis an der Rand des Blockes. Hier oben konnte mich keiner sehen und ich hatte einen Blick auf meinen, geheimen Ort aus der Vogelperspektive. Gleichzeitig war es mir möglich, nochmals die Sichtachsen eines möglichen Beobachters zu überprüfen. Der Vorfall oder aber die Sinnestäuschung ging mir nicht aus dem Kopf.

Das Fundament des Gemeinschaftshauses zwischen Block V und VI seeseitig.

Landseitig mit Innenhof aus der NVA-Kasernenzeit.

Die vorsichtigen Blicke beruhigten mich etwas. Weder von der einen noch von der anderen Seite war meine Ecke vollständig einzusehen. Dazu müsste sich derjenige so weit, viel zu weit über den Rand des Daches beugen, dass er Gefahr laufen würde, direkt hinunterzustürzen.
Auf dem Rückweg staunte ich dann nicht schlecht, als die Tür zum Lagerraum einen Spalt weit offen stand.

Ich kann es doch heute auch nicht mehr genau sagen, wer als erster mit der Wäschekammer angefangen hat. Bei meinen kurzen Arbeitseinsätzen in der Kantine der Jugendherberge hatten wir öfters einen Spaß gemacht. Manchmal etwas derber, so wie der Humor in einer Küche nun mal ein anderer ist. So ging es anfangs hin und her, ich musste des Öfteren einige Sachen für Sabine aus den Lagern holen. Und dann kamen wir drauf: ‚Pass schön auf in der Wäschekammer, da kann ziemlich viel passieren'. Natürlich spielte sie auf das Erlebnis von Boris Becker an, aber mehr auf die lustige Art. Ich habe mir nichts weiter dabei gedacht. Über die Zeit fiel mir schon auf, dass sich Sabine etwas netter zurecht machte. Wollte sie, dass es mir auffiel? Ich war noch recht unerfahren in diesen Dingen. Und mit einer älteren Frau bei einem Aushilfsjob etwas anfangen? Sie musste doch bestimmt geschätzte zehn Jahre oder noch mehr über meinem Alter liegen. Es war nicht nur, dass sie sich im Gesicht etwas mehr schminkte, als man es üblicherweise für die Arbeit in einer Küche erwarten würde. Auch die Kleidung änderte sie nach und nach. Scheinbar so lange, bis es mir auffallen würde. Zunächst blieb, wie durch eine Unachtsamkeit, der oberste Knopf des weißen Kittel offen, ein nächstes Mal hatte sie offensichtlich nur einen Spitzen-BH darunter, den sie hin und wieder durch willentliche Bewegungen herausblitzen ließ. Ich versuchte mehr und mehr diese Anreize zu ignorieren und probierte auch, nicht mehr so oft in der Küche eingeteilt zu werden. An manchen Tagen traf sie mich dann aber doch rein zufällig auf den weitläufigen Fluren und ich konnte an den nächsten Veränderungen nicht vorbei sehen. Statt einer üblichen Koch-Hose trug sie nun teilweise nur einen Slip unter dem Kittel, den man allemal durchschimmern sah. Und natürlich einen solchen, der einen zweiten und dritten Blick geradezu herausforderte. ‚Es ist heute aber auch heiß' versuchte sie dies auf die Lustige zu erklären. Es wirkte auf mich dennoch irgendwie nicht aufgesetzt oder ordinär, tatsächlich eher als wenn sie sich hübsch und begehrenswert machen wollte. Für mich? So langsam wurde mir klar: Ja, nur für mich. Und wenn es kühler war, trug sie anstelle dessen eine auffällige Strumpfhose darunter. Oder waren es Strümpfe? Einmal als wir beim Frühstück zusammen saßen, konnte man durch die etwas ausgedehnte Knopfleiste des Kittels ein kleines Geheimnis erahnen. Es zeigte sich der Abschluss eines halterlosen Strumpfes, allerdings fast verdeckt, denn sie trug nun noch einen Minirock dazu. Ich hatte mich dann dabei ertappt, dass ich den Blick einfach nicht davon lassen konnte. Klar, sie hatte es wohl bemerkt und legte scheinbar Stückchen für Stückchen weiter nach. Lugten da ein Spitzenabschluss und sogar ein Strumpfband hervor. Trug sie Strapse? Hatte sie einen Freund? Ich musste damit aufhören, meiner Fantasie freien Lauf zu lassen, hatte ich mir zu dieser Zeit auferlegt.

Jetzt fiel mir all das schlagartig wieder ein. Im selben Augenblick wusste ich, wer im Lager auf mich wartete. Halb zog sie ihn, halb sank er hin. So oder so ähnlich ist mir der Beginn des Folgenden in Erinnerung geblieben. Und, dass sie die ganze Nacht geblieben ist, auf meinem Matratzenlager.

„Leg den Schlüssel in die Schublade vorne am Tresen und zieh die Tür hinter Dir einfach zu", und sie war zum Glück ohne weitere Fragen am frühen Morgen weg. Ich hätte keine beantworten können und auch selbst keine stellen wollen. Den ganzen Montag habe ich dann zum Nach- und Vorschlafen genutzt. Sabine hat scheinbar dafür gesorgt, dass ich nicht gestört wurde....

Doch zwei wichtige Dinge mussten noch erledigt werden. Als erstes schlich ich mich zum Gebrauchtwagenhändler. Das Geschäft war schnell gemacht und der Jeep gehörte mir. Eine geeignete Stelle hatte ich schon seit längerem ausgemacht. Kurz vor dem KDL zum Block V zweigte rechts ein unbefestigter Waldweg ab. Daran schloss sich ein wilder Parkplatz an. Hier campten junge Surfer mit allerlei Fahrzeugen und ein Stück weiter abseits zwischen den Bäumen konnte ich rückwärts

einparken, so dass es später möglich sein würde, von hinten die Kiste zu verladen. Hier war der optimale Platz. Ein schmaler Schleichpfad führte rüber zum Bestimmungsort der nächsten Nacht. Und zweitens: In einem der Blockhäuser, die zur Jugendherberge gehörten, stand mein Transportmittel für die Strecke zwischen der Fundstätte um dem Jeep bereit. Den Eiswagen für den Strandverkauf würde ich als erstes im Dunkeln rausholen.
Als die Nacht endlich tief und dunkel war, zog ich los!

Als ich langsam wieder zu mir kam, war es schwer, die Gedanken zu sortieren. Was war passiert? Das letzte, an das ich mich erinnern konnte, war ein kurzes Geräusch hinter mir. Ich musste das Bewusstsein verloren haben. Von hinten war jemand an mich herangetreten. Danach war Schluss mit der Erinnerung. Schnell machte ich, wie unbewusst, eine Art kurzen Selbst-Check, konnte aber keine Verletzung feststellen. Wie viel Zeit war vergangen? Die Sonne stand schon weit im Osten über der Ostsee. Ein Blick auf die Uhr verriet, ich musste einige Stunden hier gelegen haben. Hatte jemand von hinten ein Tuch mit Betäubungsmittel auf mein Gesicht gedrückt oder gar mit meinem liegengelassenen Mauerhammer hinterrücks auf den Kopf geschlagen? Kopfschmerzen hatte ich auf alle Fälle reichlich. Sie konnten aber sowohl von der Betäubung als auch von einem Schlag her rühren. Schnell tastete ich nochmals den Schädel ab. Kein Blut, keine Beule. Derjenige hatte es also nur auf meinen Schatz abgesehen. Jetzt erst wurde mir schlagartig klar:

Sie war weg, alles war verloren.

Die monatelange Vorbereitung, das wochenlange Suchen - alles umsonst.

Nur vom Unterbewusstsein gesteuert, lief ich den Weg zurück, so wie ich es eigentlich mit der Kiste geplant hatte. Alles um mich herum erschien unwirklich, ähnlich einem Film, einem Traum. Rein schematisch stieg ich in mein neues Auto, das mich nun, ohne seinen eigentlichen Zweck zu erfüllen, auf dem langen Weg zurück von der Insel begleitete. Im Radio kamen Nachrichten. Kein Hinweis auf ein besonderes Ereignis in der letzten Nacht. Wie konnte das sein? Über allerlei Kleinigkeiten wurde berichtet. Und über meine Aktion nichts? Zumindest hätte doch der Grundsteinfund gemeldet werden müssen! Wollten die Räuber meines Schatzes gar nicht, dass die Sensation bekanntgegeben wird? Warum nicht? Um Zeit zu gewinnen? So in Gedanken bemerkte ich kaum, dass der Rügendamm schon hinter mir lag.

Als „lustigste" Meldung des Tages hörte ich mich dann doch

noch im Radio: ‚Irgendein Idiot oder Betrunkener hat einen leeren Eiswagen gestohlen und dann wenige hundert Meter welter wieder stehengelassen…' Ich hielt an und schaute im Internet nach: Tatsächlich ein Bild. Die Täter hatten sich sogar die Mühe gemacht, meine Auf- und Anbauten wieder zu entfernen. Der Wagen sah aus, als wäre nichts passiert. Alles wirkte so, als wäre nichts passiert. Auf der Prora können Dinge passieren, als wäre nichts geschehen.

Danach, als endlich alles vorbei war, haben manche erzählt, dass es die Einheimischen gewesen wären. Meine Person weiß, dass es so nicht war. Das sind nur Gerüchte. Sie hätten ihn bestimmt gern gehabt, aber das ist nur Legende. Keiner hat genug gewusst – meine Person auch nicht. Nur einer und der wollte nichts sagen. Was hatte die Frau Architektenerbin auf mich eingeredet, an dem langen Abend im Hotel Fürstenhof in Saßnitz.
Natürlich kennt sich das ehemalige Offizierskader von Prora untereinander. Teilweise nicht sichtbare Verbindungen halten sie im Hintergrund zusammen. Major Dranske, den der Peter in der Kantine getroffen hatte, und mein Mann zum Beispiel. Mit anderen, wie Oberstleutnant Miele, dem Ausbildungsoffizier bei den Ausländischen, wollte niemand was zu schaffen haben. In den späten 80er Jahren gab es die 2000er. Das waren die Offiziellen von der Staatssicherheit in jedem Regiment. Und dann hat es natürlich auch noch jede Menge Inoffizielle gegeben. Als einige von uns nach der Wende ihre Stasiakten angefordert hatten und die geschwärzten Namen zwar nicht lesen konnten, aber aus dem Geschriebenen gewissermaßen doch wussten, wer es wohl gewesen ist - da blieb mehr als nur ein ungutes Gefühl. Schon zu DDR-Zeiten in der NVA galt Oberstleutnant Miele als von Geheimnissen umgeben. Keine Frau, keine Familie, ein absoluter Einzelgänger. Nach der Wende war er dann auch ganz schnell weg, in den Westen „abgehauen". Und jetzt taucht er hier wieder auf und will sein altes Wissen zu Kapital machen. Aber was wusste der denn schon…
Nein, nur diejenigen blieben verbunden, die sich lange kannten, zusammen schon einige Male befördert worden waren, vom Leutnant zum Oberleutnant, zu Hauptleuten usw., das schweißt zusammen. Wann auch immer mein Mann mit Major Dranske

telefoniert hat, ging es wieder und wieder um die alten Zeiten. Er sollte Verschiedenes prüfen und nachschauen, als Meiner nicht mehr so konnte.

Von dem Toten hieß es später auch, er soll von den großen, unbekannten Investoren geschickt worden sein und die Fünfergruppe mit Peter sollte herausfinden, wo er geblieben ist. Das kann getrost zu den Sagen gerechnet werden. Die waren nie hier. Der Tote aus den Katakomben muss etwas anderes im Schilde geführt haben. Das kann meine Person mit Sicherheit sagen.

Frau Glotz hatte den Oberstleutnant Miele aufgetan. Irgendwo im Westen. Er hatte angeblich die alten Vermessungspläne von Major Dranske in den Wirren der Wende mitgehen lassen. Das war aber nur seine Behauptung, die Echten hatte ganz jemand anders. Und jetzt wollte er irgendein Stück Papier zu Gold spinnen. Frau Glotz hatte also die ganze Zeit zwei Eisen im Feuer, auch den armen Peter, der zum Anfang zu blauäugig an die Sache herangegangen ist. Später hat er sich Stück für Stück an die Lösung herangearbeitet. Aber leider dann, zum Finale des Dramas, nicht mit allen Mitspielern gerechnet. Meine Person konnte auch nur tun, was zu tun war. Bloß mit dem dritten Eisen von Frau Glotz hat es nicht geklappt. Das sollte meine Person sein.

Der Peter hat bedauerlicherweise auch nicht gewusst, dass diese Sabine die Tochter von Lutz war. Meine Person hat es leider nicht vermocht, ihn rechtzeitig zu warnen.

War diese Legende von Prora wirklich schon zu Ende?

Addenda in Moleskine:
Wollte Sabine mir nicht nur „Gutes" tun?
Oder war ich nur der Knecht der Müllers?
Google-Alert „Grundstein von Prora" aktiviert!
Hatte ich mich in Horst und den anderen verkannt?
Investoren geben nicht so schnell auf, wirken immer im Hintergrund!
Woher kam der Zettel mit der Zeichnung?

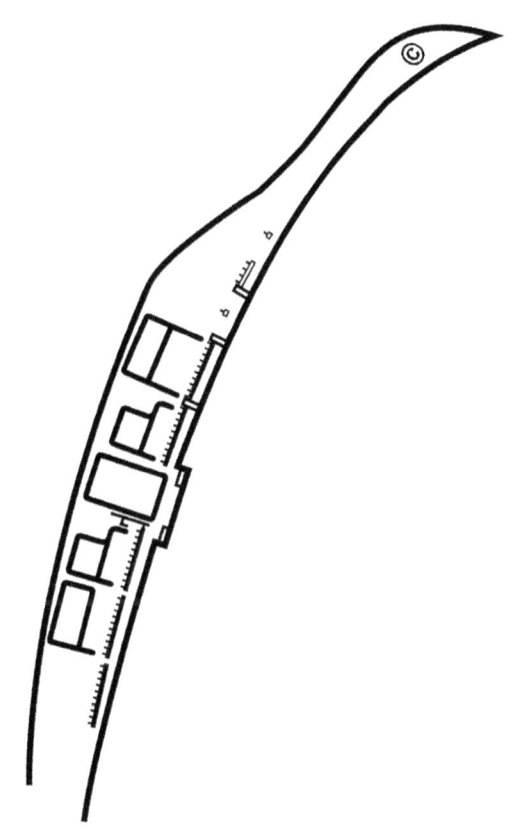

Abbildungsverzeichnis:
Umschlag, Cover: Radierung aus Pause von Wolfgang Repke.
Grafik S. 4 und 223 mit Gebrauchsmusterschutz.
Die Aufnahmen im Buch stammen aus dem Privatbesitz des Autors. Teilweise wurden sie durch Radierung und Nachbearbeitung/Vektorgrafik aus alten Vorlagen selbst hergestellt. Seite 60 Gestaltung aus Broschüre JHB , Seite 66 und 77 im Internet, ohne eindeutige Quellenangabe.